沒有大路

馬尼尼為

馬尼尼為

馬來西亞柔佛州麻坡人。留學臺灣。美術系、所畢。三十歲後開始創作。著有《帶著你的雜質發亮》、《我不是生來當母親的》；繪本《貓面具》，以及「隱晦家庭」繪本三部曲《海的旅館》、《老人臉貓》、《after》；詩畫集《我們明天再說話》；繪《The velveteen rabbit 絨毛兔》。現苟生台北。育一子二貓。

當故鄉已經消失
所有的地方都爬不上去了。

thursday

the wedding day

playing in courtyard

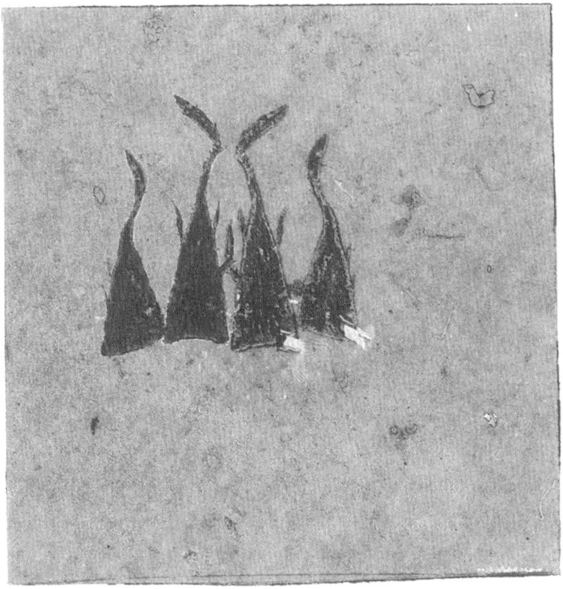

november

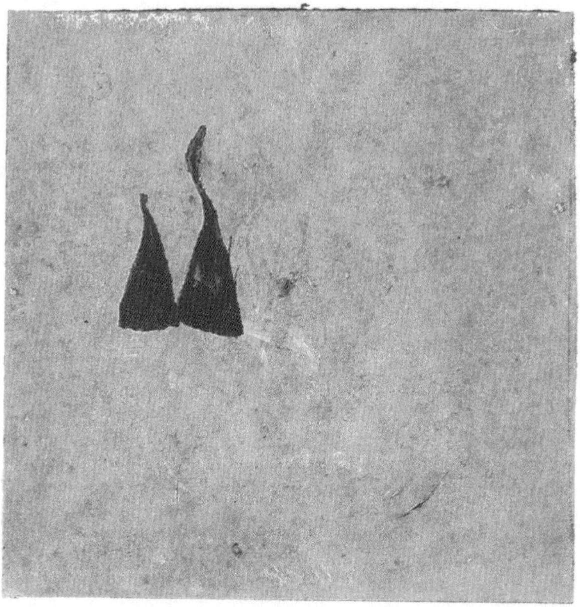

forgotten ashes

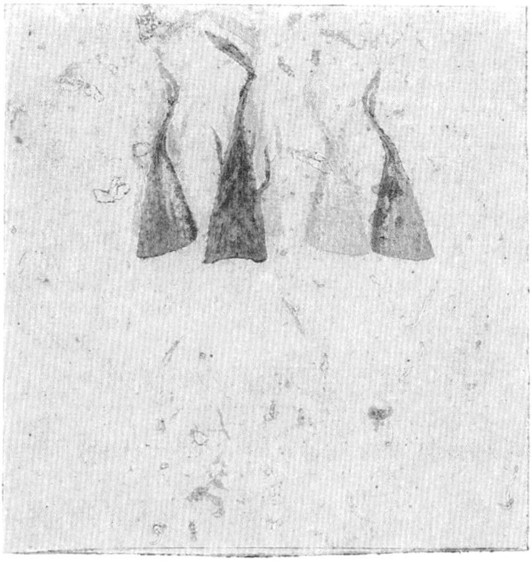

two weeks

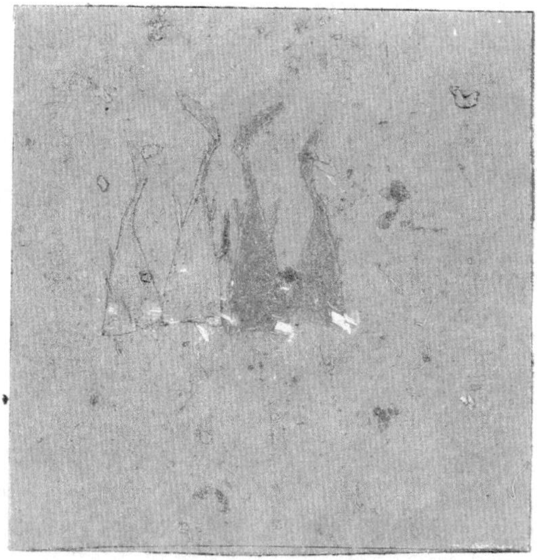

a light rain

don't waste your time

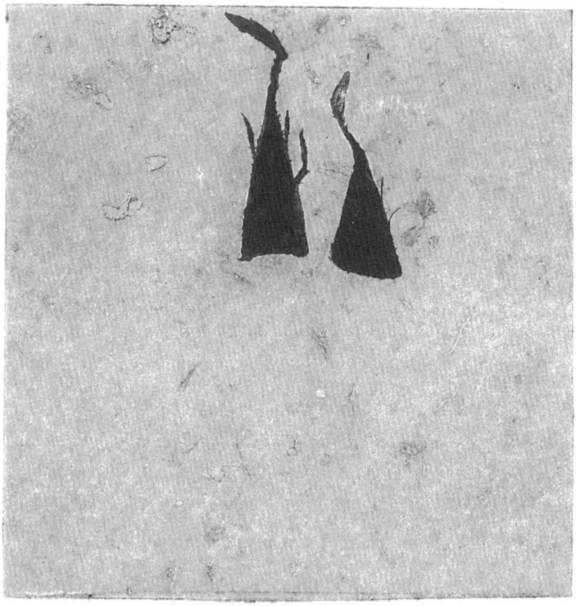

nostalgic name

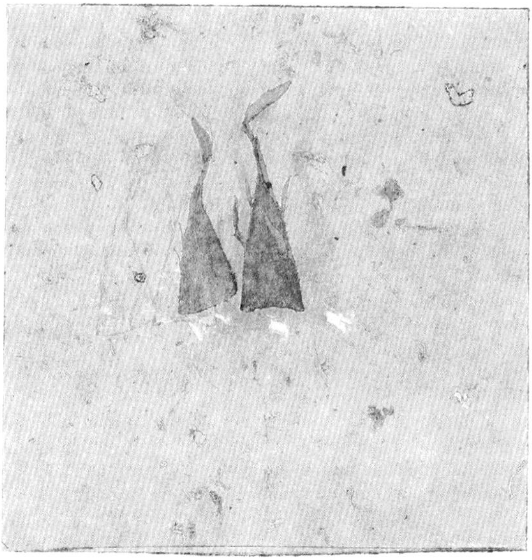

lately

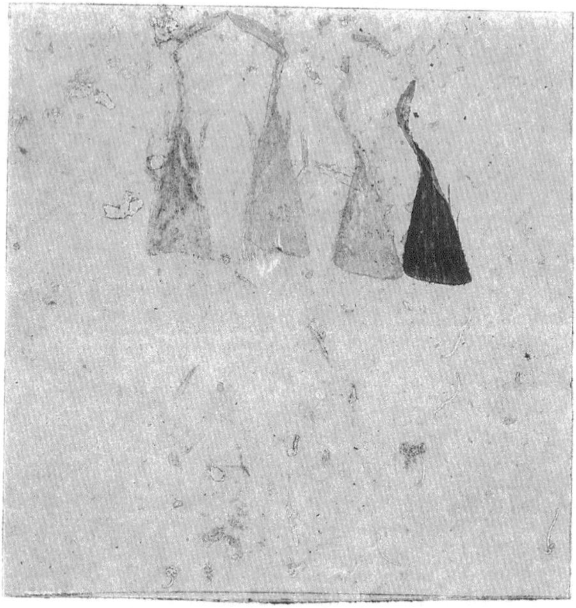

monday

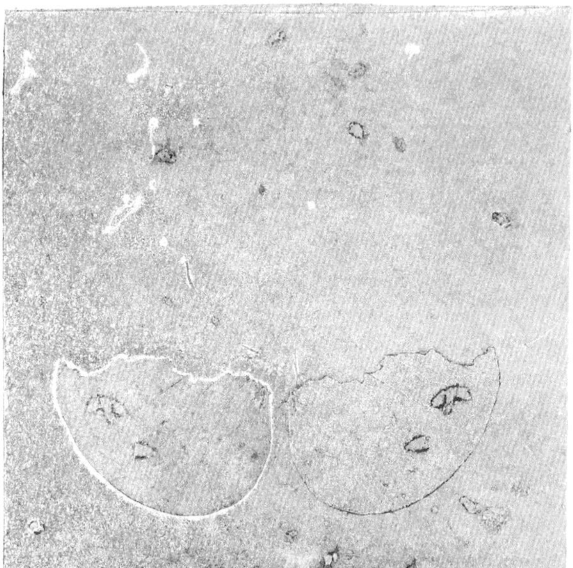

pink flower

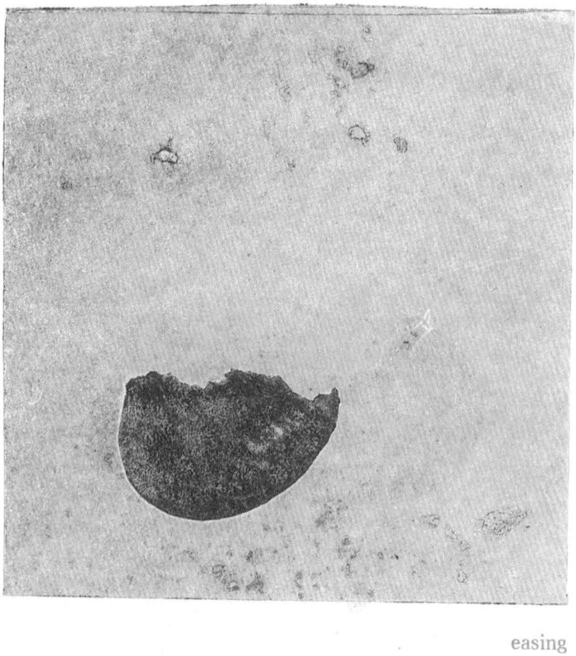

easing

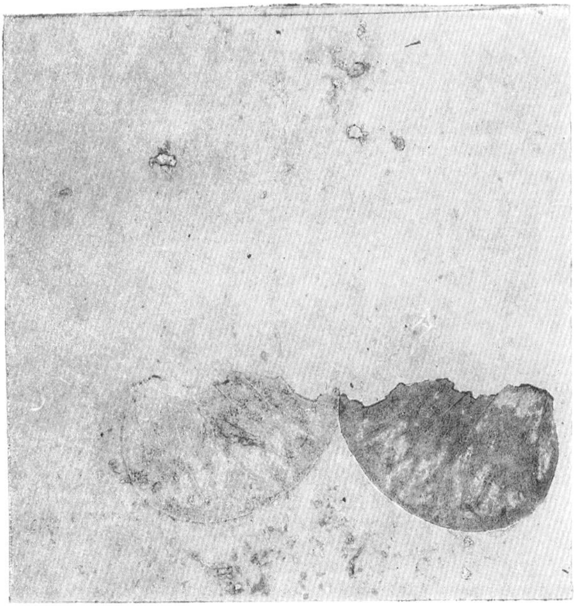

pink flowered dress

人跟作品是不一樣的。
或是人本來是作品裡的樣子，
但寫完他就變了。

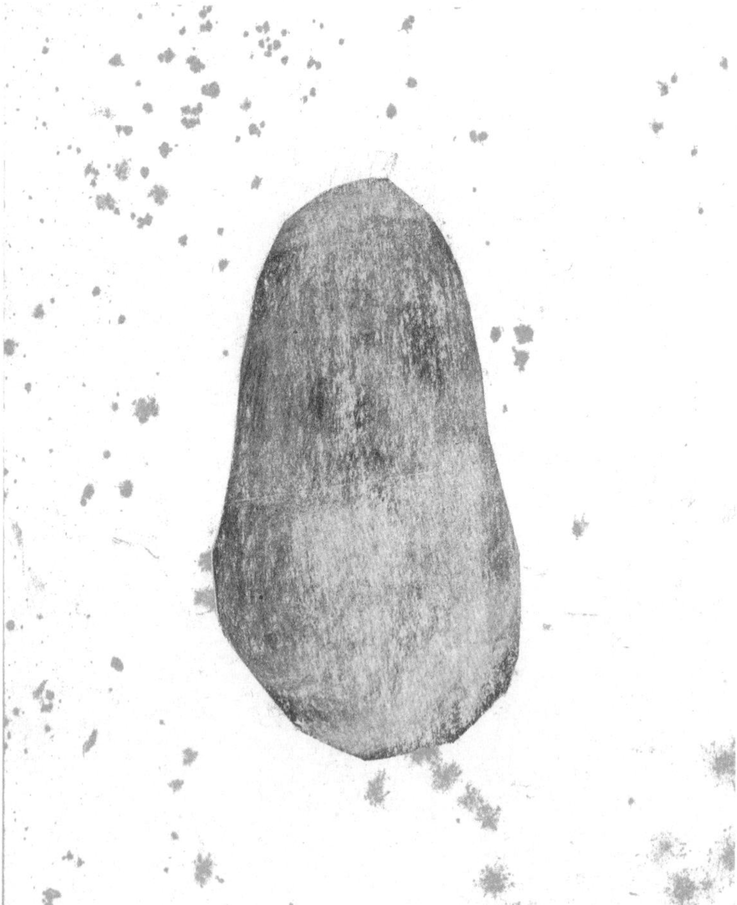

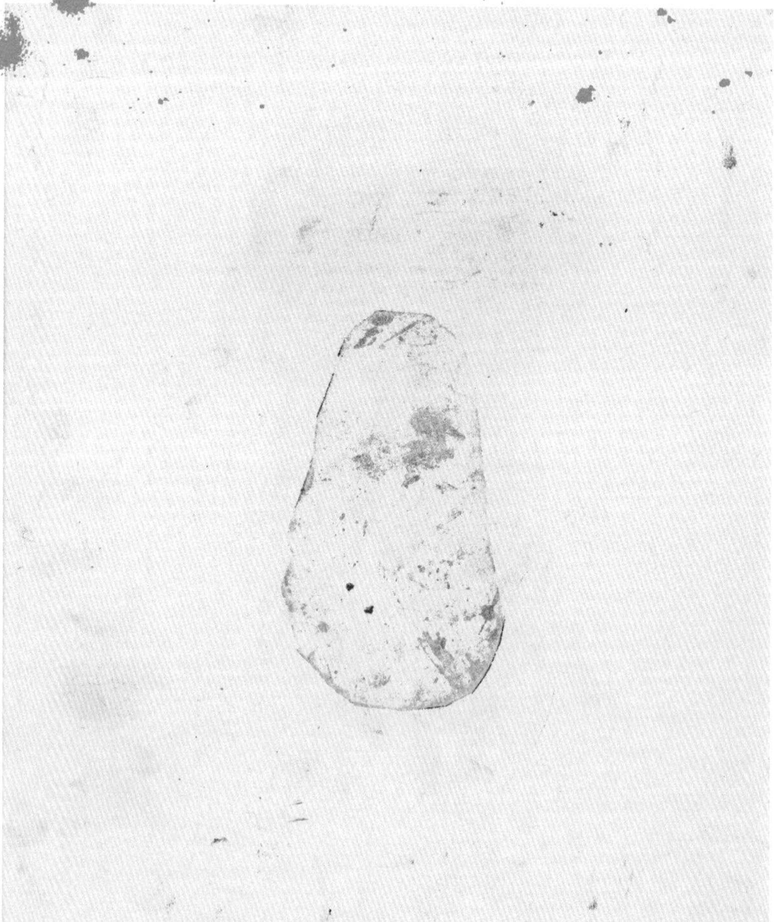

母親一輩子鋤了太多雜草。
因為她的女兒們從來不除草。

我想這樣塗鴉半間房子。
一半的那邊是一張票。
一張回家的票。
回家的票拿去剪一半。
剪一半慢慢地洗澡。
洗爛那張票。
慢慢地洗爛。

那個時候，我在陽台晒小孩的衣服。熱帶的午後斜陽刺眼。我從陽台望下家裡的庭院，那裡的一棵一棵樹。我感到怒意。怒從一棵樹跳到另一棵樹。那個時候，我開始想寫一本對父母親的仇恨之書。那個時候，我小孩又在復發氣喘。我又開始六神無主。我又開始在文字裡感到殺人的動機。

那個時候，我回到家默默地打掃。母親穿著鞋子走來走去。地上的鞋印很多。我用力壓乾拖把。來來回回一直到水變得比較清澈。我夢見紅色的蜘蛛。我一隻一隻把牠們捏死。裡面黑黑的，我找了一把鋤頭鋤了下去。

那個時候，容忍光亮多過漆黑。到處都是捨不得關掉的光亮。刷洗厚重的窗簾。道德的死魚筆直游來。掀開家裡的髒鍋蓋。湯的蒸氣是淡黑色的。經過那場夢後我死了一百年。僵硬的身體站起來緩慢地穿過牆壁穿過鐵門。

那時候回到老家，用吸塵器全部吸一遍，也都找不到母親。我突然聞到了旅館的味道，感到自己正在被看不見的母親嘲笑。我經過了母親房間門縫的光。兩根蠟燭的光。變成一根。變成半截。我在讀午餐詩集。每天晚上我都經過那裡。看見那些未完成的句子。看見母親從白雪公主的馬車上走出來。滿頭白髮。蹣跚著走回家。夜已上鉤。

吊了一球貓毛。

那個時候，我根本看不到前面有什麼路。一棵大樹橫倒下來。我以爲你會等我。你把我放在地上。天上的東西都很乾淨。你心中眞正的乖孩子不說話。女兒的東西都很乾淨。女兒的道路都很正確。那把剪刀三百公斤。用了三十年。我放棄當一個好女兒。放棄沉默。我上不了天堂。因爲我不善良。

我在老家。我坐在地上。我看到了很多牆角桌子下沙發下的灰黑。我視而不見。我不想打掃。我不想整理。因爲這房子不會是我的。都吃光。都說了。都忘了。老家布滿著過去的洞。站著一圈圈的蜘蛛絲。信裡放了一個洞。有時候風會把你拉向那裡。風也不是重點。到了那裡風就不見了。夜裡聽著老家的狗吠就醒了再也睡不著。

用力聽著一切。是那隻黑色的。

夜都比較短。一下子就噪音四起。安靜一下子就不見。

我開著開著，像從黑夜開到了光明。一個人的車子是一圈月光。
我日夜看的就是這孩子，他說，空氣在晚上睡覺。在早上起床。
白天。在下雨。

我在老家。我的手。殘留了童年的溫暖。我的眼睛。正在圍觀自己的稚氣。
我在老家。對雜亂坐視良久。一動也不動。我回來。我回來。日光落地。
我回來拿衣服。
你釘吧。不會吵到我小孩。鐵樹抱緊了香氣。花大步地開了。
我開始滲出經血。七萬滴。落在老家的床上。
我焦渴地喝水。我已經去了那麼遠的地方。就壞了。
開始隨便。開始亂放東西。被住了三百年。就亂了。
陪同我演出的是兩隻貓。站穩。我要牽她們的手一起謝幕。
於是我縱身跳入異鄉的河流。對家人感到厭煩。從此無畏。方向相反。

到水裡去。
從無法順應的命運中逃出來。從不太對勁之中慢慢慢慢分割出去。
車就要開了。是要出發了。沒有大路。看不見路。
是那隻毫不起眼的狗送我去的。

叫山的路有一點彎曲也有一點暗。
叫山的路抱著樹抱著雨天。
我剪下了叫山的路。
小心翼翼地剪沒有剪壞。

明天的咖啡因跟我說它失眠了太久
它說它長滿茅草沒人割草
咖啡因不能用來買米
失眠讓我接近死亡

咖啡因背後的命運之神
幫我把好時光來來回回
幫我把我的手接回去
命運的問題穿過城牆濺濕全身

聽你母親的話去結婚
把髒棉被拿去洗衣店洗
洗一百年的罪
洗五十年的命運

明天再想辦法。和母親吵架。我感到老在她的怒意裡裂開。我嚇了一跳。一時之間我忘了她會死。一下子失去了支點。我媽媽開始看我不順眼。成天坐在電腦前打字。晒太陽的床墊。吵架在床墊上曝晒。

我跟媽媽吵。跟先生吵。顧孩子差。沒有上班。白天關在屋子裡。不全職帶孩子成了我的罪過。成了我的不孝。成了母親對我的不屑。

我無法和母親鬥爭。我無法灌溉。我不要默認。我不要認同她。她要我好好做一個女人。做一個像女傭一樣的女人。我開門見山和她吵。都燒光的甜蜜。都燒光的母愛。是愧疚。是憤怒。

我回到家。像影子一樣沒有飯吃。我看著她奮力為我大姐準備食物。奮力為藍衣隊義工準備食物。我想要煮她總是厲聲把我推開。認為我煮的難吃。我瞥見她吃力地站起來。吃力地爬樓梯。

我感到自己在她面前一無是處。這一切似乎是消滅我回家的路。

我看著她。感到年老要把她消滅乾淨。看到年老已經追上她。看到年老的蠕動。

我曾見身旁突然有老人的身影。母親的身影變得陌生。我不敢正視。過年大家都穿紅色的衣服。紅色像桌巾一樣的喜氣。老去的背。粗暴地駝著。聲音也變得粗暴。老去的手有鳥飛去。在皺紋的浪裡飛起。

我書寫爲了接近自己。爲了看見樹林後的海。看見上面彎曲的樹枝。但是書寫卻讓我成了孤兒。成爲讓自己的母親討厭的人。那個時候，我伸手要去扶母親的年老。她給我的是蔑視。你回來家裡更亂。我走進了沙子。被沾得一身都是。黏在送葬的人群裡。準備半路走開。

我和年幼的孩子。被指責爲亂的根源。我如何每過兩個小時收一次玩具。我住得不安。住得緊張。在乾淨的地板上。我說話感到吃力。我的手在抹布髒水裡掙扎。

這本相簿只有兩頁。所有在太陽底下的東西都慢慢被磨光。母親的腳被蘆薈與傷口的血浸透。那隻面目凶殘的貓啃著老鼠。把客廳弄髒了。

從那個時候我開始感到成爲母親後，自己的母親就會離你而去。
我開著車想要回家。被喊成妖怪。

我怕自己有一天再也回不去。一切都要徹底地歸還給故鄉。一切都要連根拔起的痛。一切都要投進那個泥濘海裡。一切都再也無力解決。
但那個時候，那個時候時間再也爬不起來。當我全神貫注地想起過去，想起很多爭吵的時候，我逃走了。我最後能逃到哪裡。當故鄉已經消失，所有的地方都爬不上去了。

這裡收容過我。後來變得黯然神傷。我有時回來。擠在這裡。所有的光芒成了深夜的雨衣。

母親
跟你借　一棵樹
跟你借　一點世界
跟你借　一點失望
借千辛萬苦
借風平浪靜

再借我一點回憶
借更多妄想
借實用
我不會還你
母親

我回老家那天好不容易下機後一番車程回到家，母親不在。父親慢吞吞地開著老車來接我，老車還停在很遠的地方。我和小孩拖著巨大的行李箱巨大的餓上了車。餓一直跟著我。是誰給我的餓我不知道。是身體被餓鬼抓去。被小孩抓去。我站在漁船旁的斜陽裡。透明的網。下體沾滿血。車站的灰塵鑽到我的經血上。內褲在陽光下一點一點變乾。孩子畫了另一棟房子。另一隻狗。像貓一樣。窗外有方形的光。然後我們走路回家。

我是因爲拒絕再生小孩所以離婚的。我拒絕六日家庭出遊。我拒絕家庭日。我很少會樂意三口出去玩，出去玩的時候我只想找咖啡店躲起來看書。雙方分開帶小孩。去賣場買菜我坐在咖啡店裡看書。先生和兒子買完我們再一起回家。我沒有帶小孩出去玩。我找機會自己溜出去書店。或是埋頭看書。我看到那些熱愛孩子的女人的雙眼會感到害怕。害怕自己被先生毆打至死。小心觸碰著他。夢見大腿。夢見一堆記不得名字的種子。

這些年，我爲了寫作成爲一位不務母親正業的人。有時候我整整一週都不煮飯。天天外食。我也不常打電話給自己的母親。我不再是母親口裡的誰。我在下面。在碗的下面。在報紙的下面。我一天到晚想要摸貓。化成收玩具的陰影。沒有人陪伴的狗。把我放進去。從那個傷口放回你的身體。我是你身上的一個傷口。是一個敗類。媽媽，這裡是冬天。我的手很冷，怎麼都暖不起來。我硬是要不斷地寫下去。成爲被家人謾罵的對象。我正要成爲一位背棄故鄉的人。正在成爲不孝子。決定寫小說以後，一切更走向必死之路。粗大的針葉已經泛黃。那間房間寸草不生。我買的書也夠了。可以填滿那些水泥空無。

爲了這些書我一輩子忙進忙出。太陽照不到的陰冷大道。因爲我要聽那些書說話。我打開這些檔案。這些句子。這是我雙手向下扎的一個一個洞。是我還矯健的手寫下的。我走出去。句子呼嘯而來。我感到母親的靈魂在異鄉呼嘯。在爐火上面。我想要依存。就被凍死。或是燙傷。那種濕透以及貓叫的音量一直到天氣回暖我才回過神來。我撕了一張一張的衛生紙。打翻貓飼料。笨手笨腳不斷被我先生罵。在夜晚罵在睡醒罵直到我回過神來。開始復仇。

我開始回憶過去的母親。變得越來越理直氣壯。也變得困惑。我感到渾身發熱。因爲還看得到前方而發熱。因爲小孩生病而發熱。因爲小孩不會把痰咳出來。塡寫病症。塡寫痰。向醫生的話致敬。向藥水致敬。向明天致敬。不要死。我想聽你說話的聲音。把病床燒掉。病會好的。一切都還有很多。還沒結束。我用力在家裡喊她。要一路喊出去才能在環保站看到她。一臉漠然或怒意地看我。那個時候，我不確定那是不是我的母親。收音機的音量已令我昏眩。人來人往我不確定那是不是我的母親。穿上藍衣隊制服的母親。那個時候，我好像不是她的孩子。她好像沒有孩子。

小時候母親化成玩具的靈魂，爬進我的教室，穿過我的淚眼我汗臭的背在我手心上躲在我的書包裡。放學時慌亂的振奮，她變成的玩具開始張開嘴，像山一樣喝起雨水。我把幼稚的故事寫在那個玩具上，講故事給它聽。天熱母親的經血開始腐臭，我把它放入一個雨後的水坑裡，它像白糖一樣溶化了。我埋了很多經血。也埋了很多母親。我把她藏在另一個地方。藏了很久很久。藏在我身上所有的疤裡。

我吸獨處的煙。我不吸這種藥會悶。我染上了不少麻煩的癮。不是去便利店買包菸買瓶酒就可以處理掉的癮。文字、圖畫、文字和圖畫的結合。句子、段落、標題。還有最麻煩的貓。貓沒法帶著走。我無法出遠門。錢看到書就像水流掉。賺不了大錢。偷刷我先生的卡買書。每個月像小偷那樣被他怒罵。我常被我先生怒罵、斥責。爲了貓的事。爲了家務事。我會跟小孩說，美美（貓）會跟神講。神會處罰你爸爸。對。我們一直說，神會處罰你爸爸。

有一年冬天。孩子說，那棵樹很冷，所以它倒下來了。不論冬天夏天我帶小孩都渾身汗成爲勞力工。換上乾淨的衣服神清氣爽去做自己。那幾年的時間，我在一種假結婚狀態。因爲我拒絕洗碗。拒絕洗先生的衣服。因爲我看太多書。生出了地板。也穿得像地板。爲了從家庭的生活裡感到自己還是一個人的樣貌，我必需創作。媽媽你當然不會明白。我必需把害怕寄出去。把陰影畫上去。再寄一次。再笑一次。不能死。我們還要一起回家。我的母親不明白。永遠不明白。

我曾經有過的家庭生活。就是這樣一碗又一碗的飯。一百張打開又吞下的唇。吵著吵著。笑著笑著。回家回房間。然後在凌亂的床上睡去。孩子天天興高采烈地從屋頂上滑下來衝入我的臉盆。濺了我一身的水。而爲了把對人生的不滿都射進文字裡，平常要不厭其煩地做很多事。做很多的收拾。很多的整理。我的手願意被貓咬。我不願爲吃大費周章。小孩一下子就醒了。明天再說。小孩是縮短自身的墮落。令你不斷找東西吃。令你英勇地帶刺。令你說了太多荒謬的話。

有時我會想起外公的咖啡店。那一天來了一個帶小鳥的算命老人。你的命很好。我一直爬到樹頂。欣喜到了遠方。從此我頑強地一本接一本看。從此進進出出的遺忘。進進出出母親的家門。我的雙腳在跑跑到了那麼遠的地方，扯掉了母親年老的子宮。那張被挖出來的子宮黏在我的畫上，洗也洗不掉。

我們來玩告別童年的遊戲。告別母親的遊戲。用更堅固的手，補破洞。更有力的手，洗地板。孩子，你記得那首喚醒你的明天的詩。那天下午買的玩具。你吵著要買的童年。你吵著要聽的那首歌那種餅乾，都遺忘在那張紅色的年畫上。都融化在你的生日蛋糕裡。一年一年的融化。一年一年的笑著。沉默的蕩到死亡。

不想放滿你的玩具

玩具從橋上下來
玩具奔向家裡
你手上拿著玩具
動不動會滑倒
你把家帶給我
吐一口痰給我
前方是斜坡
光在說話　可能很吵
那個聲音　丟向你
你的病　吐出去
太陽刺眼　在跟我吵架

還給你　在跳動著
開過去　在消失著
把光揉開　跳下去

我回到老家的時候，兩隻狗已經被跳蚤肆虐。全身慘不忍睹。老黑狗尤其嚴重。翻起毛每一小處都黏著四五隻扁扁紅色的跳蚤。媽媽給我的手很適合摸貓摸狗。我手抓跳蚤。全身發麻。滿滿的跳蚤觸目驚心的跳到我臉上我眼瞼上。不同類型的跳蚤。大大小小的。用梳子也梳不起來。抓幾天都沒把握抓完。擠滿了跳蚤的肉體。我的手努力維持鎮定。努力把跳蚤下葬到土油裡。下到臭油味的下層。密不透氣地把牠們溺死。

我老家的狗。我父母養的狗。這裡的狗絕大部分淪爲會吠的警衛，終日被鏈在房子外，或關在鐵籠裡。主人只提供兩餐了事。沒有任何情感交流。對這類長得一般的土狗而言，根本沒有討摸這回事。全身瘦得皮包骨。被跳蚤霸凌漫無天日。外表看起來無恙。只是很瘦。不近距離摸摸牠們，還不知道已是如此慘狀。跳蚤一直冒出往皮肉上擠。無聲地覆蓋一層。狗也無聲。癢讓叫聲缺了四分之一。狗的鐵籠下、四周滿地狗毛。滿地跳蚤溫床。用掃把掃。用加醋的水狂噴。我膝蓋的骨頭好像又少了一片。

我拿孩子吃剩蒼蠅飛過的米飯去餵狗。牠們成了餓鬼。把一整年期待的眼光扔向我。尾巴狂掃。年輕的白狗撲到我身上。我退閃了。又粗又稀又臭的毛，硬的。皮像老人一樣有斑。我退閃了。我怕掀起牠們的耳朵。我怕看到和皮肉緊連血肉色的跳蚤。我走開去買了雞肉加米煮成一鍋飯。很早很早以前，我媽媽會這樣餵狗。買雞骨頭加劣等米煮成一鍋飯。因爲我們家沒吃肉只好爲了狗去買一點骨邊肉。但我媽媽進藍衣隊後不再餵狗了。好幾年牠們就吃買來的飼料。也許是分量不足的飼料，因爲我父親節儉慣了，對動物苛刻。有時我媽媽會從環保站拿過期的奶粉類，加吃剩白飯餵。

每天下午五點抓跳蚤。梳毛。一邊喊著年幼的小孩，不要過來。滿地的狗毛滿地的跳蚤。滿地的陽光。本想做三天份的雞肉飯牠們一天就吃光了。我不敢幫牠們洗澡。怕洗一洗老狗就病了。這裡沒有熱水。沒有吹毛機。沒有城市裡那些東西。只有陽光。跳蚤。我也不敢抱牠們。我摸牠們感受不到動物的體溫。我摸到老黑下腹的腫塊。老黑失去了活力。我跟媽媽說老黑快死了。牠幾年前動過手術拿掉腫瘤。現又復發了。我媽媽沒反應。老黑年事高不能再去開刀了。老黑就一直躺在那裡。幫牠抓跳蚤牠一動也不動。不像年輕的狗扭來扭去。

那天一大早傳來我二舅車禍重傷昏迷的消息。在他派報的路上。在他老家的小學門口。因爲是鄉下地方，救護車很久才來。他躺在地上安全帽也裂開了。送院一天後不治。那是一大早的電話。我媽媽沒有趕去醫院看她的二哥。她像平常一樣做了平常會做的事。一直到中午後才到醫院探了一下。我媽媽沒有和我說過任何她兄弟姐妹的死訊。也從來沒要求我去參加葬禮。我後來知道死亡是說不出口的。對你眞正在意的人。我因爲高中後就出國了，錯過了所有的葬禮。以及很多同代人的婚禮。我一直是缺席者。令人覺得可有可無的角色。

我二舅不治那一天我媽媽變得脾氣暴躁。她開始忙著整理她的房間。我見狀也幫忙打掃客廳。她什麼也沒有說。我猜也許有親戚會過來我們家裡住一晚以參加葬禮，媽媽非常重視門面，所以她開始打掃。葬禮前一晚，依慣例，很多親友會去。我媽媽穿的是藍衣隊的制服，跟藍衣隊的師姐們一起去的。她們唸了一段經後沒有久留，我媽媽也跟著離開了。

那一天我看到了小時候外公家的前前後後左鄰右舍全都已經白髮蒼蒼的老人。在那之中，我卻覺得自己的母親比她們更老，背駝得更多，動作更緩慢。開咖啡店的海南嫂說她轉信了基督教，她女兒是鎮上傳道師，咖啡店在她膝蓋開刀後收掉不做了。我很喜歡那間咖啡店。還有旁邊的雜貨店，那位老人非常的親切，後來聽說他糖尿病截肢後性情大變，不太見人不久後也離世了。海南嫂不知怎的就聊到了她死去的兒子，某天肚子痛送院後四肢開始發黑，雖事隔很多很多年了，海南嫂還是聲音哽咽。我猜想是兒子過世後她改信了基督教。成爲完完全全死心塌地的信徒。

這裡的人大部分死得很突然。不會臥病太久。好像死亡是一件自然的事。在台北那座城市不是。我看到的很多人被醫療折磨了很久。都死不去。小姑姑在半年前腹部積水。到醫院抽了三次。半年後她在家裡走了。虛弱地走了。我阿公阿嬤也沒進出醫院。就在家裡走了。我大舅已經行動不便很久，撐步行器在家裡很多年。有一天就在家裡走了。沒有人急救。沒有人插管。是連醫院都來不及送。還是醫院也不會強人所難。

我查過了這個病歷。他送了這張書籤給我。

老人在藍色的狼嚎裡。皮膚已經很黑的老人。

詩人把砍下來的柴放在洞口。老人會出來拿。
老人嘴裡空空的洞。我只知道一點點。
老人失去魔力的手。失去魔力的五隻貓。
那五個兒女在一起織網。

這故事少了一條腿。這故事不吃肉。
鳥啄進這故事的心臟。躲起來又嬉笑著。
跟老人沒有牙齒的舌頭說話。
血流在裡面表面看不出來。
一頁一頁沾上的血漬不會乾。
這故事最終少了狗吠也沒有了貓。
那病歷我看不懂。從母親的白髮織成的謀殺。
這老的咒語。就要生效。

到鏡子掉下來。月亮躲進雲朵。
那個開槍的夜晚。步入人群的腳。
已經瘸了。

我媽媽也是在五位孩子都離家後成了完全投入藍衣隊的信徒。那時候我開始在回家那一天聞到家裡有壁虎的味道，或久沒人煙的氣味。她開始電話很多，活動很多。大部分時間不在家裡。二〇一一年，她決定把家裡一半的土地，她名下的那一半捐給藍衣隊當環保站。那裡原是一片草地，有好幾棵果樹。爲了建環保站，一切都砍了。變成水泥地。環保站跟我家只有一個小小的門之隔。一切的音量都在同一個空間。之後，她成日泡在環保站當義工。從早到晚。她在那裡看藍衣隊電視台。以那裡爲家。有時一個人到午夜。那裡自成一個世界。溫和有禮的世界。這個世界以外。動物他們不管。沒有空理動物。她主張成天把狗關著。快半夜才放狗。狗和人哪裡不一樣。你去看狗的眼神。牠明明就是一個像奴隸一樣的眼神的一個人。我放狗她說我製造麻煩。主張對動物人性是製造麻煩。她老是說我製造麻煩。

母親不開伙以來。我們幾乎是各吃各的飯。母親心裡不滿我沒有去環保站幫忙。沒有帶著我小孩去幫忙。我心裡則不滿母親沒有幫我顧小孩，連一年一度和孫子見面她也完全不理，還動輒抱怨我小孩玩具沒收。家裡沒幫忙打掃。小孩早上在外面玩沙她中午就來罵我沒去打掃。她以母親過來人的角色非但沒有任何體恤之心，還對我和孩子的「麻煩」感到不耐。而轉頭翻臉對藍衣隊員滿口慈祥。她不認同我在做的事。因爲我寫的書不是可以拿出來炫耀的那種。或是她對寫稿這事也不以爲然。

我媽媽不再爲家人煮飯，但環保站有義工她就會幫忙張羅吃的喝的。環保站幾乎每天都是開放的。她幾乎都在忙著。弄飲料。弄吃的。指導義工做。自己也不能不做。她跟我說，去做環保很好，會有吃的。我沒去做，所以沒東西吃。我不能去那裡偷吃。有一次他們準備義賣煮了很多食物。環保站的爐灶不夠用。很自然用到我家裡的。在那裡炸豆腐。滿屋子都是食物和油煙味。我幫不上忙。孩子還太小。我媽媽也沒有問我要不要吃也沒有問她的小孫子。我們默默走出家門，在外面草草吃了算。父親也是。他就一個人每天在外吃三餐。

母親已經徹底厭惡整理家裡。我徹底瞭解。做二十多年的家事沒人理解。沒有人看到。在環保站做有動力。有世界的動力有宗教有團體的動力。狗身上的跳蚤她看不到。她根本不想碰狗。狗是藍衣隊的人送來的，是她接手要養的。更諷刺的是送來的人說這是一隻斑點狗，沒想到長大變成一隻好動難以管教，長相又無一可取的普通白狗。我看著牠感到說不出口的愧疚。連我自己是動物愛好者要在牠身上找到討喜之處終感吃力。

那隻狗一直都被關在鐵籠子裡，在我回老家之前。在我發現那裡已淪爲跳蚤的溫床。白狗其實很年幼，但身上的毛又硬又短。藍衣隊的義工頻密地經過。我可以想像牠那雙眼殷切地盯著那些人，期待靠過來的撫摸。上百次的落空後牠終於坐下，躺下。硬硬的鐵條籠子連一塊紙皮都沒有。就這樣睡著。

我二舅是個派報員。每天清晨早早騎車派報的那種。那場意外沒有保險理賠。因為他不算報社正式員工。是員工委外的。他死後我表哥花了幾天整理清空房子。把廢紙拿到我家的回收站。我曾見一張舅舅的手寫字。在一張小學生的習作紙上。他有力的筆勁紀錄每天的派報量「中國報 13 星洲 21 南洋 17 東方 18 份」。

我腳上一個被跳蚤咬的孔。癢了超過一個月。那頑強的癢好像一個挖下去肌膚的洞。我摸到它微微的突起。那個洞隨著我的飛機起飛降落。刷過我的腳。母親的冷漠像野草那樣冒出來。我不敢去碰它。我摸狗弄狗的時間比跟我媽媽說話的時間多。她說我浪費時間。我是浪費時間之人。是沒有用的女兒。

她們在比賽愛情。你要不要參加。
她們坐飛機出國。你要不要參加。
去過台北沒什麼了不起。現在已經退流行了。
一個人可以很搖滾。有小孩你會哭。
那樣的話。我見過你。
你是一個河童。渡河而來。
離水越遠的地方。你越惶恐。

你是在寒冬游泳的野雁。
比刀劍的話你會受傷。
那樣的話。我見過你。
你柔柔地繫了一個蝴蝶結。

你是真正的母親。
沒有什麼可以毀滅你。
也沒有什麼可以毀滅你的貓。

那個時候，我回家會感到一股憤怒。一種被嫌棄的憤怒。那時候我興高采烈帶著四個月大的孩子回家，以爲我媽媽可幫忙照顧。沒想到迎接我的母親完全漠視我的歸來。那時候她正在幫我大姐帶幾乎和我小孩同齡的嬰兒。我媽媽，沒有抱過我小孩一次。沒有幫我照顧任何一個時刻。我一邊吃飯一邊用腳搖小孩。小孩睡著了才去洗澡。洗到一半他哭我還要跑出來。我全身狼狽地在顧小孩。她沒有弄過一餐吃的。

我那個時候在帶小孩最崩潰的邊上。小孩半夜三番起來。又在完全沒有人手替換的情形下。我媽媽完全無視於我的處境。我回想起來，也不知道是什麼原因。她像平常一樣過她的生活。活躍於藍衣隊無數的活動。

我沒有東西吃。吃不好。全身餓火在燒。還要哺乳。但我弟弟回來她就會弄早餐，我觀察了很久。我二話不說。

後來就在環保站正對面，有師姐捐出一間全新的店面成了惜福區。一切的貨源皆從環保站來。衣物不用說是主要的。塡充玩偶是第二大類被扔出來且物況良好的。父親被指派載這些玩偶去洗衣店洗。洗完還在我家庭院晒太陽。我也幫忙了幾回。那時小孩很喜歡跟去洗衣店。他喜歡投幣。看玩偶在裡面轉。當然母親變得更忙碌。只有睡覺時間她會回到家裡。

我一直是一個無法幫忙家裡的人。是一個多餘的成員。帶小孩的時間抽緊。結都打不開了。家裡左右兩邊都是忙碌的場所。只要人一出現就會有事黏上來。有人搬不動廢紙要你幫忙。當跑腿。小孩幫不上忙。他不是黏著我要東要西。就是亂碰危險物件。我只喜歡挖寶。看有沒有古書被拋出來。古舊的杯碗等。偶挖到幾近全新的衣服。沒幾個月下來，我家幾乎都是環保站撿來的結緣品。連咖啡機也撿到了。所有杯碗盤都是。我媽媽的衣服幾乎全是。後來的過年，我們一家七口都穿著環保站撿來的衣服。連我先生也穿了。我大姐更是母親的首愛，她連包包都是，她五個孩子的衣物用品幾乎都是。

環保站成了一些老人的地盤。他們需要巨大的音量。有時是藍衣電視台，有時是電台。我們的鄰居很客氣沒敢提出任何的怨言。這裡的人表面都很客氣。對於音量這件事似乎沒有人在意。只有我感到坐立不安。只有我總是穿黑色。過年也穿黑色。像一個不吉利的人。粗聲粗氣。不平則鳴。我聽那些電台不舒服。聽藍衣隊電台也不舒服。我偷偷把音量調整。或是沒人時把電台關掉。我常常跟小孩跑去看看有沒有新的寶。整個客廳都是環保站撿到的玩具。

環保站湍急的廢物流量。一轉眼就淹上來。鎮上沒有太多普及的回收管道。人們沒有分類意識。像垃圾一樣的雜物通通丟來。一整個抽屜的雜物就丟出來。玩具、紙、文具雜七雜八混在一起。我媽媽還很有禮貌還對那些人說謝謝。我會直接問：「有沒有分類？分類好再走！」她的友善態度讓這裡成了垃圾處理場，一包一包一箱一箱的東西就這樣湧進來，尤其在過年前，母親常午覺也沒睡，晚上大家走了，她一個人在那裡收到半夜。

母親移民到那裡去了。這樣很好。人不需要一輩子被關在家庭的那間家裡。我也很慶幸她能夠搬離這間家。偶爾回家的兒女像我，就得動手幫忙打掃，也要自理三餐。我能夠接近母親的機會，就是進入那個場所，跟她們一起做環保。但我沒有。我帶著年幼的小孩已經在時間的斜坡之中。

兩年下來，我媽媽的背就駝了。撞見年老咬在自己的母親身上。年老塌在自己的母親身上。自己無能爲力。沒有辦法阻止。

母親的肩膀掉了。骨頭掉了一塊。沒辦法砍樹。除草了。煮飯要拿鍋子都很吃力。她睡午覺躺在地板上。那隻貓會靠過去。但她不喜歡。母親的黑色也掉了。我每年都要幫她染。我越染越慌。黑色的膏在梳子上在牙刷上。我站在母親的旁邊。戴上工作用手套。腳開始流汗。我總是搞砸。掉到了地上。母親的子宮也掉了。在醫院被剪下來。她腳底的壞肉被手術刀挖出來。她一樣去環保站忙。一樣不管動物不管我們。

我對和她的爭吵感到愧疚。我和母親的關係日益惡化。我在書寫中整理。成了一個局外人。我的母親已經不再住在原來的家裡。我眼睜睜看著駝背又不俐落的她爲義工準備茶水。人少的時候，她一杯一杯的沖泡。她親手爲義工端上一盤豐富的飯菜。我感到妒嫉。感到無用的怒意。我爲她準備的飯，她叫我送去給義工。我買回家的東西她當藍衣隊公家的用。家裡的東西常就跑到藍衣隊那裡去了。我要用的時候要跑去找，有時找來找去都找不到。好像整個家都亂成一團東西都不在位置上，令回家的人感到困惑，因爲連媽媽也不在位子上。

她對藍衣隊有一股飛蛾撲火之勢。對自己的健康飲食完全漠不關心。一股做到躺平的氣勢。有天她去看病回來，一到家大聲叫我好似有急事一樣，沒想到是叫我拿冰箱的一鍋甜湯到環保站給義工。一到家門，她直撲環保站直到半夜。以我還算年輕的體力，在環保站整理資源（她不可能一直坐在椅子上低頭處理，身爲站主總是忙東忙西的走來走去），半天已經需要休息，何況她六十餘歲的身體。環保站把我的母親壓縮。但她一點都不在意。

我看著她忙到十一點回家才吃冷掉的晚餐。腳痛了還去外面服務。手痛了還要炸香蕉給義工吃。我看著她把自己的衣服和廚房的抹布一起丟洗衣機洗。我看著她自己的衣服總是滿出來隨便在洗衣機轉一轉。洗好了一整天也忘了晒。她沒時間坐下來好好吃東西。我坐在餐桌上覺得自己吃東西是罪惡。我看著那些所有的義工，沒有一位像我媽媽這麼勞累，沒有一位像她那麼老。我看著她忙進忙出，她看我像廢人一樣顧一個小孩。我們就像站在河的兩岸，中間那座橋是藍衣隊。我踏不上去就注定碰不到自己的母親。

回家的時候，緊鄰的那一半燈火通明，一天到晚開著藍衣隊電視台，音量轟鳴以至我無法久住。那裡是一群義工。我家裡是一片空。一片亂。小烤箱裡有忘了吃已經臭掉的麵包。爐灶上，常常有吃剩沒倒掉發臭了的食物。地上有一個一個沒洗的鍋子在泡水。過年前，我哥哥一家要回來那晚，她用鋼刷清洗廚房。我總是跟她說讓兒子回來幫忙吧。她從來不。她只會叫女兒打掃。因爲我沒有正職。過年前，我三不五時就要打掃。我一拖地小孩就緊緊地黏上來，我一邊要喊他不要跑會滑倒，他又老是講不聽。我一邊帶著一個礙手礙腳的小孩。又感到怒意。感到兒子無用。感到房子又不是留給我。我開始抱怨，開始吵架。我沒有遺產。還要一直打掃。

我在自己的家裡附近繞圈。我躲起來。渾身出汗寫得渾身徒勞。我躲在台灣。每日專心澆花要熄滅愧疚。我成了一個回家就要被不斷使喚的女兒。而我確實對煮飯吃飯沒有興趣。對打掃也得過且過。我感到這是我這輩子最難產的文章。最難以面對的文章。我直白說話快速書寫的能力在這裡感到發冷。感到無所適從。感到心跳加速。感到一切要重來一切皆不滿的焦慮。手指不停在發冷。身邊的事一切荒廢一切在放棄。好似我正在成爲一位罪人。我正在自己打造的鐵牢裡出不去。再也無心摸貓。再也聞不到那令我痴狂的貓體味。

母親就坐在我前面。坐在我手上。我突然對她說的每一句話都感到陌生。感到惶恐不知所措。童年的母親已經死了。我緊緊抱著救生圈。我對母親的年老感到不諱言的驚恐。我一下子瞥見了太多年老的身影。一下子要接受那是自己的母親。母親自己用一間浴室。父親自己用一間。我自己用一間。父親吃自己的東西。母親吃自己的。我和小孩也吃自己的。像蟑螂繁殖上百隻的那樣自然。我學母親用掃把掃雨水。把碗留給父親洗。把地留給父親掃。

我慌了手腳。做什麼都不對。笑容沒了。掉下去。像子宮那樣掉下去。提出所有的問題後，自己成了巨大的鳥籠巨大的影子巨大的透明。老人們寫下自己的遺囑後從醫院走出來。醫院不能住的，她們說。醫院裡沒有空氣，沒有光。在第一道晨光之前，在母親之前，我夢見自己雙腿被燙傷。我不覺得痛。不覺得痛。我走到藥局買藥。用噴劑藥師說。藥噴在我傷口上，滋滋的聲音，我還是不覺得痛。

母親變得破舊了。不靈活了。她把肉體都給了藍衣隊。她在那裡神采奕奕。不斷把子女給她的錢捐給藍衣隊。我不斷把錢拿去買書。她看不起那些書。不如給藍衣隊實用。我看書。叫我不如去做環保。這就是我們母女的分歧點。我討厭這個分歧點。母親沒有支持過我寫作。別人的媽媽會買十本支持。錢我不在意。買書我也不在意。別人有親友團。我永遠都沒有。我也不想要有。我不喜歡麻煩親友。我只需要獨處。我只需要有人幫我帶小孩。她從來沒有幫過我。她獻身藍衣隊。她責備我不專心帶小孩。我先生也不滿我不專心帶小孩。不好好做家事。從我念美術系一無所成以來，我累積了一堆廢物。從廢物之中我終於可以生出東西了。我就沒有辦法停下來。我沒有辦法等他長大再創作。我沒有辦法停下來。我沒有辦法不看書。我在兩個家庭裡都一無是處。成爲薄薄的報紙被踩過去。

我寫出來的那個母親不見了。我知道那不是我眞正的母親。我寫出來的紙也回收了。一切都被那強勁打來的老年吹垮了。

關於這點。關於母親。

還差一點。差了大破洞。大裙子。

我每天都要把白飯吃完。那是血。

我的餓更縮短我的創作時間。

我的鄉愁看著母親從廟裡走出來。

緩慢我的經血。緩慢我的眼神。
用衛生紙覆蓋。覆蓋。每一個都是白色。
為食物疲倦。為明天發燒。

多一個字。再多一個字。
浮上來。吸一口氣。
你的臉太少星星。母親的冰箱太少青菜。沒有肉。
你的臉不是這裡的顏色。你的眼睛發光站在縮小的日期上。
南國的紙花遠遠的從母親的傷口傳來。
傷口也是。回家了。
你也是。回家了。縮成小小的日期。

我讀到了。你告訴她。
跟你的貓一起來。來到屋頂上。

母親的影子。母親開刀時流的血。
一個小時。兩個小時。
放進時間的洞。放進你的手掌心。

我媽媽在手術中。我在台灣。我兒子在殘障坡道上興奮地跑。我像平常一樣吃早餐。突然就聞到了老家咖哩葉的味道。那塊肉好像也從我的腳底挖出去。已經鋪乾的血。久久都說不出話來。接著痛好像移到了我的膝蓋。我膝蓋的骨頭又掉了一片。再也無法唱著跳著回到故鄉。

我隔空聽用力聽那遙遠的關不住的聲音。從母親的傷口傳出來的聲音。那桶血水在地面上寫字。不安地對決的字。像左手寫的字。沒摸過書的手。提出所有的關心後，覺得自己是多餘的。因爲我走了。所以變得無話可說。麻藥還沒退。痛會持續很多天。洗傷口。我看見過她身上很多的傷口。都默不做聲。我要被法庭審判有罪。因爲在母親手術時不在場。

在國外摸貓浪費時間寫小說。

我在廁所醒來。虛度大半人生後看見家裡的陳年雜亂。一起住在那裡不是回憶。一起住在那裡變成雜物。那串香蕉是個孩子。那燈光也是。容易損傷。風吹雨打一陣風就消失了。誰要去整理雜物。誰要去打掃沙發下面的灰。誰要倒水留住野草。誰要看見傷口。誰要住在醫院。誰要把毛孔張開送回空中。

在我不太有記憶的時候。母親開始在夜市擺地攤。她批了一些衣服。收攤我們就回家。全家一起吃泡麵。有時她還用旅行袋，用腳踏車載一包。我騎一台跟著。我們到馬來人家裡賣。把包包攤開。左鄰右舍都來看。我只是跟著。完全沒有幫上任何忙。後來她在娘家的廟旁有了固定攤位。我也跟去。不是幫忙。我就在附近閒晃東看西看。要收攤時再來。

我的兩位姐姐都力爭上游。在我們簡陋的家裡。她們各有一張書桌。她們成績很好。姐妹花是學校的名人。她們的作業本寫字很整齊。功課都有做。很會查字典（那時還仰賴厚厚的字典）。我和她們年齡差距大。但我跟著她們念書。我跟著她們去買參考書。跟著她們上圖書館。讀書是我們的生活。沒有人叫我們讀書。我也感受不到讀書的熱忱。好似我們乏味的生活裡只有讀書這件事。

每天晚飯後我大姐負責洗碗。我喜歡站在椅子上看她洗碗。她會邊講一個故事給我聽。我不記得她講過什麼故事。但我記得那洗碗的方式。讓水一直開著慢慢地把肥皀沖洗的樣子。我們乏味的生活沒有任何故事。每天晚上八點我就躺在床上看著日光燈。然後睡去。有時候，偶爾我會羨慕學校裡那些綁頭髮的女生。因爲我永遠留著娃娃頭。每隔不久，就被母親帶去某間灰色水泥地的家庭理髮院剪頭髮。我所能看見的聽到的摸到的都太乏善可陳。學校的一切也都無趣。沒有難度。沒有責罵。沒有讚賞。沒有鹿。也沒有聖誕老公公。

大姐講的故事被我吞食後，我成了一個自言自語的孩子。我常自言自語講故事給自己聽。所幸沒有人聽到。身爲老四的好處是沒有人會注意到你。我有大把獨處時間。從學校中午放學回家吃完午餐後開始。我看見那棵巨大的火焰木底下被雜草幾近覆蓋的神龕。因爲雜草太多我接近不了的地方。年底大吹東北季風。樹葉發出巨大聲響。我在下面看得出神。

我父親是一個窮酸的人。能夠住在這樣的環境完全是因爲窮人運。那原來是沒有人要住的工廠宿舍。但說是宿舍，卻是一間獨立的房子。很簡單的房子。樓下是空的，高腳屋，因爲偶爾會淹水。像這樣的房子共有三間。我們住的恰好是最裡面的，最靠近那片幾近雜草的大樹之地。我們房子後面，還種了好幾棵巨大的果樹。再往後面，透過小小沒有上鎖的籬笆門，那裡是三個巨大的方形水池。據說是廢水處理池，但完全沒有任何工業化的痕跡，任何的水泥或閘門。那三個水池四邊覆蓋了自然的雜草。整個水面，覆滿了嫩綠色小小的水草。放眼往去就像一片下陷的完美草坪。那裡不是什麼禁忌之地。大人沒有任何警語。我們可以隨時自己走到那裡去。但我也鮮少到那裡。那裡似乎也沒有任何工廠人員進出。似乎是外面的世界。在三個巨大水池的外圍，有一圈圍籬。圍籬外隱約又是一座叢林。隱約還聽到水聲。

父親任職於橡膠廠。當時橡膠在南洋是經濟命脈。每天都有好幾台大卡車把採收好的一顆顆軟軟黏黏的橡膠球載進來。我父親的工作很簡單。他坐在地磅旁的小亭子。卡車進來就紀綠。空車又再紀錄一次。我可以無所顧忌地騎著兒童腳踏車在廠區閒晃。在午後或傍晚時間幾乎是沒什麼大卡車的。沒有人說危險。廠區非常大，從我家到門口警衛大門我們都要騎腳踏車。從來也沒有人跟我們小孩介紹過工廠。事實上我們也頂多在外面探頭。裡面是從沒進去過的。大門進來是平滑的柏油路，接著有一段是平滑的水泥地。還有一段是紅色石礫土。這一段也很長。一直延伸到我家。

每天把窗簾拉開就有陽光落進來。白日的時間很充足。充足到你可以慢慢行走。植物在夜晚吸飽了露水早上就挺起腰來。雲層變化很豐富。天空中常常有雲。天空的顏色很淡。不藍。我媽媽沒有講過故事給我們聽。我們家沒有鋼琴。沒有任何才藝。沒有任何好看的衣服。他們沒帶我們去過遊樂園。沒有去公園。也沒有去百貨公司或賣場。我們每天在家裡。也沒看電視。沒有電腦。時間很乾淨。地板很乾淨。母親把一切都整理得很乾淨也很安靜。沒有節慶。沒有吵鬧。

這是我僅有的家庭印象。或是我父母的黃金歲月。工作穩定。不愁吃穿。一家七口的平淡生活。像石頭般的生活。我們偶爾會開車兩小時回外公家。也回阿公阿嬤的家。那種生活，好像是所有人都會經歷過的。當孩子還小，大家出入都是一家子。越長大便開始有人掉隊。一個家也變得鬆鬆散散的。我每天蹲在樓下做白日夢。跟植物動物聊天。那棵火焰木的後面有一個腳掌反長的巨人。他往前走時留下的足印是反方向的。沒有人見過那個巨人。只見過他的腳印。我也看過蟒蛇吞雞。但在那個連大人都覺得毛骨悚然的環境裡，小孩子的我從來沒有感到過一絲的害怕。房子有長長的天線杆。火焰木單薄的種子會漫天翻飛。那是廣大的夏天。廣大的童年。陽光永遠都沒有改變過。在那裡不需要玩伴。不需要玩具。我也沒有任何書。沒有任何對未來的想像。時間就停在那裡。就停在蹲下來的那個午後。母親的存在是安靜的。我沒有跟母親說話的回憶。我母親的存在是安靜的。

母親的傷口有一道一道黑線。像一群一群的山。鋪在我的白紙上。我看了就心驚。每一張紙上都有。句句都記得。令我跌跌撞撞。因爲我們之間的存在一直是安靜的。我後來看的所有書所有字都要填滿童年的那間房子。但我不知道用什麼來填補我和母親之間的安靜。我爬下了一半。孩子就絆進我的懷裡。他的吵鬧塞進我們的安靜裡。我停下來來拔草給你。精神開始渙散。

下午三點台北的陽光落了。下午兩點台北在垃圾堆中。

讓人死而復生的大片雲層暗自腐爛。

打在外面的陽光。遠的、近的。像喜宴的聲浪一樣。

佯裝勝利。全是蛀蟲。

晚上九點連夜回家。我的頭腦有時不能洗頭。有時只能摸貓。

晚上十點等你。從那跳板投身到我這裡盲目的搬家。

先放下來吧。先不管外面的風雨。先強壯。先慢慢說。

什麼時候頭腦不由自主落在一片沙地。除了孩子的喋喋不休別無他物。

我一口氣說不出話來。讓外面的雲給你擦臉。

讓那些黑色的線注射進你的淡漠。滿天的繁星一下躍起。還要熱烈。

急躁的頭腦想要跑。小小的慶祝小小的炸彈小小的沉溺解脫。

那些事都散布了痛苦拿去堆在儲藏室放進床底。

黑暗之下連海上烈日都安然無恙。

我開始寫小說後變得很愛洗衣晒衣。那個窄小無比的陽台。花貓美美一定陪我去。在鋁架上看後巷。有隻黑鳥叫聲洪亮。在城市的後巷像個黑人歌手一樣大聲地唱。我常聽見牠詭異的叫聲。和這個水泥城市格格不入的叫聲。牠常在凌晨時叫。我原以爲是鄰居關的鳥。沒想到牠身形強壯。是一隻野鳥。冬天夏天牠都在叫。牠弄出噪音。爲所欲爲。牠的叫聲有一股恨。像我不能感冒。因爲不能傳給你。你總是在走路時大叫。像個瘋子一樣。我沒有阻止過你。

空空的洗衣籃令我變得積極。一口氣買了幾件有厚度的廉價毛衣。穿上新毛衣開始覺得冬天很溫暖。像貓一樣穿了一層毛衣。世界被關在毛衣裡。那些靈魂受到的損害被包在裡面。用肉體的溫度慢慢吸走。貓是人和神的橋。有燦爛、安寧的時刻。當然書寫會捕撈到空漁網。冬天正圓。你正可以寫。用寫驅除掉你的恨。你對先生的恨。對父母的恨。

回老家我會沉溺於二手衣。沉溺於陳舊款式。放任自己的身體穿上寬鬆的衣物。採購完畢先好好浸泡。洗完後在大太陽下把它們晒成白色。它們現在應該是新的。穿上它的人應該是堅硬的。在太陽下摸這些衣服。仔細地翻面。像挖到寶穿著布滿刺的刮痕仍舊很得意。我媽媽也賣二手衣。但我看不上她的貨色。所以她總覺得我是叛徒。所以我提著大包塑膠袋總是悄悄經過大門。倒進自己的房間裡。

我媽媽指縫間的泥土。她的腳指甲就像泥土一樣。後來她成天穿著襪子。還是從環保站撿來的襪子。或是鞋子。令我們子女覺得很丟臉。連內衣也從環保站撿。雖然很新。她的所有衣物沒有一件是新的。二手衣的生活徹底。不像我們這些浪費錢的孩子。我買書的時候總是感到揮不去的罪惡。我念美術系已是這個家所有人之中最奢侈最多餘的一件事。我常想停止買書。停止買那些很貴的有圖畫的書。我實在只是一個窮人家。我只能怨他們給我的窮。那種一輩子要奉行到底的窮的意識。從小深植在我生命裡的窮。窮會令你閒不下來。令你閒下來有罪惡。我們爲什麼會窮因爲母親生了五個。我們沒有教育費。完全沒有教育費。三個女兒一毛都沒有。我們都在打工。都在斤斤計較。等我賺錢後我開始買書。大量的買。像餓鬼一樣的買。一樣的看。他們都看不起我。因爲在窮的家庭裡是沒有人看書的。

但我看了。我死命看了。我用買書對抗窮。我感到強大的求知欲可以抵抗窮。在書本面前收集精神上的光消滅窮的意識。收集死掉的氣息可以復活。當我成了母親我更理直氣壯地看書。拒絕做所有的家事。我感到書讓我有潑婦的力量。而那些厭惡我的家人。給我冰塊把我凍死。我知道我不是眞的強悍。但我眞的喜歡自己睡一張大床。所以我才會這麼愛貓。無畏貓的爪子。

擁有這些書令我罪惡。這種罪惡是父母親給我的。我的手摸著這些書。深深地穿透紙頁。通往那個窮的家。我什麼都摸不到像踩了空。因爲讀了這些書令我離家更遠。令我在家裡坐立不安。母親會怒斥我。不要再給她書的麻煩。她幫我收了很多二手書。但那些我都不想看。又全部搬去回收。我對她說不出來我要看怎樣的書。也說不出我寫了什麼樣的書。更拿不出我寫的書。我必需忘記我跟書的事，才可以在那裡生活。

我有一隻長得很醜的三花貓叫美美。她穿了厚重的毛衣。因爲她還沒洗。她長著羊毛的肚子與三角形耳朵。她的顏色像山中的花混雜秋霧。從四面八方湧來混雜的靈魂的顏色。將泥土翻起加了砂糖的顏色。我把她抱起來叫她母親。把她抱起來當神拜。拜她醜陋的身體。拜她說不出口的醜。

美美很乖啊讓小鳥飛走啊沒有人會笑她。她睡過台北的髒話還有大學的老宿舍。

她很乖啊所有人都摸她。她會好好聽人們說話。美美很乖啊還要再狂野一點因爲這裡是台北。美美很乖啊還要再溫柔一點因爲這裡是台北。美美大聲叫啊叫你媽媽回來啊！叫你爸爸去死啊！

沒有人看過我抱貓玩貓激情的樣子。在家人面前我很收斂。沒有人在的時候我們像情人般互相凝視。把她搬上餐桌。吃飯前先聞一聞她的手。她看著我吃飯。我們臉貼臉看窗外的鳥。大年初一我衝下樓。不是和父母道新年快樂。是用力呼喚貓抱貓。我把貓抱到床上。把床單染滿貓毛。把鼻子塞滿貓毛。這是對抗正常世界的方式。是反叛先生的方式。用力把每一件衣服穿爛。拿去丟回收箱。再買。這是對抗父母給我的窮的意識的方式。

我感到母親雙手摸過的泥土隔空闖入我在台北的花盆。冒出來的嫩芽我看到那種熟悉的樣子。看到母親急著把我的固執與妄想趕回土裡。我抱著貓對抗母親。抱著一隻醜陋的貓。我吸了很多貓毛後開始變壞。看了很多書後開始變壞。因爲我聞過泥土的味道。不是買回來的泥土。是大地上的泥土。因爲我從小一年只有一件新衣服。因爲我父母沒有買過書給我。因爲他們沒有買過玩具給我。現在我的家庭裡。玩具滿地。書滿地。花盆要搬進來室內和我一起住。動物也要跟我一起住。我討厭開花的植物。我摸著書的手變成兔子。變成貓。叛逆的渴望像軍人一樣劇烈。不要用成人的方式吵醒生嫩的靈魂。你的怒吼會驚嚇。所有的鳥都會飛走。

讓那種口出惡言的人去死一點也不為過
讓血流到海裡讓魚喝進肚子
讓他的肚臍掉出怨恨的麵包屑被鳥吃掉
不知道為什麼我嫁給了你坐到了你的旁邊
在盛夏中讓你參加了我的婚禮
我願意就這樣看著下雨
把秀髮剪短

你忘了我會寫詩你忘了

我看著下雨就忘了你的惡言惡語
這幾年來你點的火都送去雨葬
變成一排小黑點
烙在你的陽具上

我對我先生的恨是十鋤方休。十針見血。我無法給別人看這些。一直在奔跑的厭恨。終點漏進一縷光。把燈通通打開。看起來天氣很好。我會用力推開門。用力聞外面的味道。把婚紗變成沙子。書寫把身體變硬。我也唱歌了。這不是旅程。這是完美的雜音。我膝蓋的骨頭掉了一片。我的故事從我的身體裡被拖出來。拖出去失敗者。拖出去書寫者。把水煮沸。微微跛腳。洗米的水流過手掌流到母親斑駁的手長繭的手。硬的腳在地上走。茫茫無依。

從你的家裡找到這些東西。這些貓毛。這些妖怪的毛。把我的先生判刑吧。把妖怪放出來咬死他。把他的黑眼珠咬出來。我回到家。睡在他買的五萬塊大床上。用他的地板。用他的桌子。他說我都用他的東西。我是一個人渣。我是一個食客。我還是一樣恨他。我做版畫時那塊版就是他。一個一個洞敲下去。一刀一刀刮下去。我後來直接拿了鐵鎚鑿刀咚咚咚地敲下去。看到木版裂開。一個一個洞裂開。一個一個洞裡淚珠滾滾。一條一條的吶喊。有毒的油墨滋養了我。兩隻貓讓我躲到山裡。創作的深潭讓我沒日沒夜。讓我忘記家務事。讓我接到故鄉的豔陽。我寫了一本書咒罵他已經死了。寫一本書送葬。我還要寫他被嵌進牆上。一輩子動彈不得。

我不是任何的賢妻良母。我已經變成一個妖精。我吸太多貓毛成了妖精。我的手長出了貓毛。不要指責我。我感到餓。我只是一個食客。餓沾滿我的胃。像鹽巴沾滿我的時間。這個餓讓我翻來覆去不得安寧。讓我寫。一個字一個字打出來。敲出那些餓。敲出那些鹽巴。敲出一顆一顆的米。然後我用鐵勺把它們裝起來。一勺一勺。一路下去滿頭大汗。順便殺人。

鴉雀無聲的殺人。錯覺鼓舞著我。我做家事時已經不再溫柔。生了小孩後變成潑婦。三年後更變成妖精。拿一把槍直接射你。我要寫一本小說。小說裡都是貓毛。棕色的、橘色的、黑色的、白色的。那些貓毛被丟石頭。成了一塊一塊的石頭。開始說人話。這些石頭慢慢覆蓋了青苔。長出眼睛。成爲神。人們每日從四方而來，拿水果祭拜。親吻石頭的臉。撫摸石頭的身體。流下熱淚。

我的貓就這樣睡著睡著成爲石頭。我先生就這樣吼著吼著成爲幾行字。孩子哭著鬧著成爲一塊抹布。打翻的牛奶變成烏鴉在叫。叫得特大聲。我成爲你的汗。一下子就被擦掉被洗掉。我喜歡刀尖的手活。因爲畫筆的勁怎樣都不比鋼刀硬。用刀子輕輕咬碎餅乾。緩解頭痛。有一天要把全部都剷平。全部都鑿洞。能夠在文字的假世界裡爲所欲爲。我相信黑色的文字。黑色的文字實用。我們沒有辦法說話的時候。還可以咒罵這個世界。

我和那個叫貓的少年睡過了
我沒有和他結婚
我們玩了睡覺的遊戲
玩了披頭散髮的遊戲

我和那個叫貓的少年睡過了
從此以後無法正常地說話唱歌
我維持穿裙的樣子
聞著貓尿味入睡
剪刀膠水隨便你用
我們都把臉好好地洗了

我和那個叫貓的少年收集了夠一個月看的書去爬山

我們走過海邊的時候　那座嬰兒形狀的山變得更醜更清晰
不管是孕婦形狀的島　還是嬰兒形狀的山　這裡都沒有大路

你看我死掉的貓在泥土裡　一隻一隻變成嬰兒
我手上的畫是我的手指　被草率的人割傷了
我寫完後把詩交給叫貓的少年　他幫我拿去參加比賽

叫貓的少年做了一個不停歇讀詩的電台　讀了很多很多的詩
父親在咖啡店看的報紙都被燒光用來驅蚊
貓少年的指甲像月亮那樣尖銳

貓少年是種菜的農夫
不要小看他
我們收割了有農藥的小松菜　拿去煮麵給媽媽吃

新鮮的菜被切得細細的
貓少年拿了玉米去發芽
拿了鉛筆去畫線

我和那個叫貓的少年一起爬進沒有人的被窩
讀我剛剛寫的詩剛剛切完的菜
聞著青色的味道入睡

如果你看到我和那個叫貓的少年
不要發出尖叫不要高聲說話
剪刀膠水紙張都隨便你用
不要把我們驚醒了

回到老家就是我逃學的時候。我的父親是一個爛人。我發現他和自己的先生沒有太大兩樣。全世界父親八九不離十。他們根本是不適合婚姻的動物又偏偏一定要進入婚姻。他們是被世界報廢的鐵鏈。發出女人發不出的噪音。又容易生鏽。像狗那樣晚上會吠。還會亂咬人。

回到老家的孩子都在強顏歡笑。笑得比平常更大聲。更快活。一直到母親瞪著他們。一直到我做菜做事笨拙。走到哪裡的家都被罵。一直到我總要躲在外面的洞。躲在紙上的洞。所有的人都在笑。笑得無關緊要。所有的人都在說話。說得無關緊要。鏡子發出的回聲被你的喇叭聲吵醒。男人總是輕輕地按喇叭把沾附在身上的貓砂拍掉。

男人像晚上的手。去弄了一些鮮花束。

用女人的血。追野兔。用垃圾袋騎上狗跑很快。

佳佳唱片行的狗是我弟弟。甘蔗汁是富人飲料。拉起你的手。不要咬我。

因爲你會長大。我現在教你看貓。看那些白色骨頭。我知道我喝下去就會精神渙散。台北甜甜的養樂多。拍拍你的背讓你好好睡。涼風啤酒我以爲是你寫的詩。

把你的自己的前身抱起來塗寫。佯裝是一個好母親。
把白天整理一半。把白天畫到一半。每天都一樣善良。每天都一樣慈面。
每天都細聲細語。孤獨被你吻了一下。雲不舔毛消失在屋角。
你的手空蕩蕩的緊緊抱著貓。媽媽不會聽見媽媽不會知道。
那群失魂的鳥飛走了。那群老年的媽媽也飛走了。

少年不叫台北少年不叫春。比刺繡還要美。比貓還要圓。滿滿落葉的遊樂場。就在離開。把這個拿去給你的台北。叫台北的少年跟老鼠說話。不喜歡漂亮的嬰兒。

我當然要跟她們不一樣。要醒來。要肚子餓。要打你。要搭飛機去看母親。

十年。二十年。三十年。收拾衣服。來來回回清理。忘得乾乾淨淨。重複又重複怪不得她開始發火。她沒有帶我上路。在她的腦海深處。陽光已壓彎所有葉子。包含她的背。一切已無藥可救。在她的腦海深處。兒子不再找母親。麻煩的女兒老是躁動不安地回來。那隻醜陋的白狗老是在亂吠。她一個人來。也一個人走。

我想要跟貓聊天。貓慢慢地趕著明天。貓最有空。寫詩只能是地下樂園。
我擦地板很乾淨。每天都要蹲在地上擦地板。
我需要時間去想一下畫畫這件事。是浪費時間還是地下樂園。
寶兒跟我玩過的遊戲不多。
她今天吃了幾隻蝴蝶。看見火在跳舞。
人們喜歡說話。我只能這樣抬頭挺胸。
有沒有尊嚴我不知道。會不會被罵我不知道。
樂園就是沖涼淋浴。你總會碰到人。也總會流血。
我沒去過地下。也沒寫過詩。

彩色樂園是十字架。一件一件晒乾就是。

我沒有特別寫給孩子。沒有死亡經驗。出去一趟回家房子就不見了。跟詩人住在一起。孤獨沒有姐妹。生病沒有聲音。好幾年都一無所獲。雨進入房子的回憶。跟母親住在一起的狗。母親離開石子路。走入枯死的草叢。

用墨汁就好了。那一籃髒衣服我只用墨汁。超過四千次。就泰然自若了。髒盤子爲你解夢。被單在風中拍打。鳥在叫罵夏天。聲聲呼喚童年的母親。

你要做一隻鳥還是一個人。你動不動過敏身上起可怕的東西。你還在持續把家裡弄亂之中。這是你的遊戲。你天生喜歡混亂。我想要跟你打架。想要復仇。碎紙滿地之中面對我眼前的空白。手已長成枯枝。幾個月來。這個空的皇宮。每一次都要貼滿了牆。又撕下來。

母親把你一點一點裹上糖。把你想像得很甜美很能幹。你只好乖乖聽話把東西整理好。擅於斬開縫合。她生下的那個島沉了。一點一點被水淹沒的。兒孫都漂到了很遠的地方。

我這才看清楚了黃昏的屋頂。熱帶的黃昏很長。陽光若有若無。也看清楚了母親一輩子白操的心。我父親不把女兒當女兒。我們從來沒有全身粉紅。兒子有肉包吃女兒什麼都沒有。那條縫打開的話就開到底了。翻山越嶺後我們都成了男人。比男人還男人。都被遠方的雲接走。被烏雲包圍。

正對著我那張空著的椅子
正看著我雙手的貓抓疤
我永遠不知該怎麼收你的玩具
永遠不知該怎麼整理床鋪

正對著我那張空著的畫
正看著我變老的雙眼
牽著被生活吞掉的手
用力的鼓掌

正對著我的生活已經殘廢
正對著我的母親正在手術
正對著我的眼淚是一張紙
鍍了一層假的明亮

我一向是鄙視父親這個角色的。我回家後那一年父親退休。從他獨居的宿舍生活回到我們住的大房子。父親回來以後，房子多了老人的況味。他同事幫他把一卡車的東西載來。很多廉價的傢俱。塑膠的抽屜組很多。

父親的房間就放滿了這些抽屜。他喜歡收納。喜歡把東西分類放進抽屜裡。四面牆一面是張木板單人床。三面是抽屜櫃。高高低低的一排。我從不願在他的房間久留。我們只會找他要東西。要剪刀、指甲剪、棉花棒、口罩。因爲他總是會把這些雜物收妥。無聲無息的雜物。地板上總是有薄薄的一層灰。他從年輕到老都對話無趣。我們子女沒有人要和他說話。他無趣地聊天氣、政治。只剩下女婿在聽。

父親的乏味一點一點滲入房子。我甚至沒聞過父親的體味。我常忘記他的存在。他也走入巨大音量的隊伍。每天都要開巨大音量的收音機。他已經變成一個老人。很慢很慢地吃東西。小孩子像發現恐龍一樣饒有興味地看著他一口一口慢慢地咬。用剪刀剪細食物。被父親滲入的房子我不太習慣。好似他是一個瘦削的鬼。老在偷聽我的動靜。聽我說話。或是偷翻我看的書。我的筆記本。

母親跟我一樣厭惡自己的先生。因此她努力自力更生。除了在夜市擺地攤。她種了很多果樹。一顆一顆地包。她罵我會吃不會包。會吃不會種。偶有一些收成她就放到腳踏車的籃子到鄰近兜售。後來她憑一己之私房錢，也向姐妹借了一點，買了一間在娘家附近的老房子（彼時我外公外婆皆已過世）。她在附近的工廠找了事做。勞力活。那工廠黑黑舊舊的。像一座廢城。裡面的設施都封存。在那裡她用一根混子清打肥料袋，清完後平放疊好。數五十個一捆。當然錢很少。粉塵漫天飛。我們也不知道要戴口罩。工時自由。有時間就去。我記不起來我有沒有去幫忙。還是又是去閒晃。也不知道她去了多少次。

母親做過的工作太多。後來她買了一台二手的甘蔗機賣甘蔗汁。我們要削甘蔗皮。用一把特製的削皮刀。很重。還要戴手套。甘蔗還要先洗過。削甘蔗皮是粗重手力活，沒削過的削兩根手就軟了。發動甘蔗機更是需要很大的力氣。光是那台機器就異常沉重。我們母女用推車推到擺攤的地方。當然別人是用摩托車載機器。我們沒有。別人是用卡車或車子載貨。我們沒有。就用一台特製的大推車。兩人一路推去。

反正母親賣過很多東西。她也批過餅乾水果，碗盤也賣過。很長的時間我們是跟母親在一起的。父親那時只有週休一日。我對他幾乎沒什麼印象。我厭惡他貫徹在我們家裡的窮意識。讓母親做了很多的勞力活。我們不是眞的窮。但父親把一切弄得好像家裡很窮。我們沒有慶祝過生日。沒有收過禮物。紅包錢很少。小時候是四塊錢，後來變成了一張綠色的馬幣五塊錢。我們沒有到餐廳吃飯，沒有逛街，沒有出去玩，就算難得在外面吃，點的也是最便宜的菜，好似一個拮据的家庭。我從國中十三歲開始，就沒拿我父親的錢付學費。一直到大學四年，研究所兩年。我父親一塊學費都沒付過。所以我對他沒有好感。我沒拿過他的任何好處。小時候沒牽過我的手。抱的也很少。沒買過東西給我。長大後買給我的便當只有一樣菜一顆蛋。給我小孩的紅包錢一樣很少。他養的動物都瘦得皮包骨。

我受夠了他的破車。沒有冷氣的破車。他捨不得換車。也讓我們永遠都坐在破車裡。我們兄弟姐妹五人沒有一人長得像他。似乎只要有一丁點的部分、行爲、性格像他都是令人嫌棄的。任何疑似遺傳自他的基因都是令人嫌棄的，比如支氣管不好、鼻子敏感等。沒有人願意有一丁點的像他。好似他沒有任何的可取之處。他住在格子抽屜裡。永遠好好關上。我不會想念父親。我完全沒有做作的能力。

我厭惡這種窮的意識。我厭惡他讓女兒辛苦打工拿獎學金念大學。我因爲他從國中開始打工。打工的意識捆綁我的求學生活。我打過的工大約也像母親做過的事一樣多。打掃倒垃圾體力活我也做。錢多就做。有一次那垃圾重得我都抬不動。用推車拖去等垃圾車。抬不上垃圾車的時候，一位好心人一把就幫我抬上去了。我滿眼淚水。拖著推車回到打工的店裡。繼續洗碗。有時收店收到一點多。吃也吃不飽。穿也穿不暖。以至後來的男友可以輕易俘虜我的心。他買了一件大衣給我。我穿上去再也脫不下來。我生平第一次感到不冷了。但是我後來反叛他又對他反感。也不穿這種幾千塊的外套。或戴幾千塊的手錶。回去拾荒的穿爛外套爛羽毛衣。羽毛動不動就跑出來黏在我衣服上。我不覺得醜。

以至後來我用力摸貓想穿上貓的衣服。滿腦病態的厭恨。厭恨工作。厭恨成爲別人的時間。以至我變得如此自私只想要做自己的事。只想要看書做無用的事。以至我沒有辦法穿正式的衣服。我渾身被灌了窮的意識。穿得破爛陳舊我才有辦法自然說話。以至我變態愛貓。因爲小時候沒有任何一隻玩偶。我死命澆水死命讓植物長大。讓生命在我房子裡安靜地翻來翻去。繞來繞去。掛滿窄小的陽台。密密地要把自己封閉起來。

就這樣來來去去。爬進洗衣藍。鑽進洗衣機。
你身上的貝殼有明天的海。我最早的時候只有一隻滾筒。
我的身體已經嫁給貓。但我會緊緊地抱著你。
我自己乘涼去。去除明天。只有貓毛是兔子。
我不知道什麼是愛。當我流淚的時候，那一定是牽動了愛。

經年累月後。甜蜜的話被烏雲圍住。用掉了很多省略號。
沒有墳的人永遠沒有雜草。只有一個外表布滿灰塵的容器。
沒有酷熱與蒼蠅。不用勞煩子孫來拔草來拍打。不用放炮。

當過母親，做過這種無意義到底的事，就可以無所畏懼地無意義下去。
母親成了童年的遺骸。向我童年的遺骸致敬。
童年的大限已到。人人都在母親的年老中告別童年。我射了箭。洗了裙子。掛在鐵門上晾乾。
再怎麼反抗。都是無意義。
讓你們玩吧。玩一生一世。悔恨。愧疚。用水就可以洗掉。欠母親的情。像露水一樣天亮就消失了。每個夜晚無聲無息地出現。人若要有什麼大批的惡。必是在母親離世以後。

我是來把你養大的。我來報廢掉你的女兒。因爲她執意寫作。因爲她不想讓那些淚水白白流走。也不想在拿起筆時失去了力氣。在那裡。全靠自己的意志。在那裡濺起巨大的水花。過往的日復一日都沒有答案。好好睡吧。曾經你可以好好睡。未來你成爲英雄也可以。等命運把我們一口吞下去的時候。我記得你跟我鬼混的那份親暱。只差一點就要被我暴怒推走的親暱。

我不善烹煮。在那裡我變成慵懶。耍賴。人渣。一個不會煮飯的女人。而飢餓像緊緊跟隨著的咒語。我的餓不時掉下來。從胃穿到我的雙手雙腳。我就這樣因爲餓浪費了很多力氣。好像我被一個餓的影子緊緊跟著。使我無法從容地做好一件事。我的餓太早起。永遠早起。我因此張開這張弓。她回答我說她失眠了太久。我摸著我的胃。濕掉的鮮紅。

我討厭孩子吵我。一下就肚子餓。一下要大便。一下叫我弄果汁。我討厭他靠過來貼近我的身體。他總是用力過度。弄得我很不舒服。孩子的事浮滿冰塊。我喝不下。喝了子宮會壞。我在那裡用母親的土紋身。用那裡的熱紋身。那痛刺在肉身上的力道生出了勇氣。我想種下自己身爲母親的不耐。種下自己對孩子心不甘願的付出。他睡午覺老是噴氣。動不動半夜就發燒一場。莫名其妙就大病一場。半夜咳到吐。任何小事都可演成大病。

裡面沒有糖。吃了還是覺得餓。我躺著躺了很久很久。我全身的水分快被那顆藥排光。我躺了很多天。但睡不著。越躺越弱。萬事心灰意冷。混亂的無人收拾的家。一直跟在我身邊的孩子。一直把咳嗽咳到我臉上又掛著怎麼擦都擦不乾淨的鼻涕。我知道我病了。我不寫東西就是病了。我躺著坐不起來就是病了。孩子一直吵著叫我起床。我想把自己打量不再面對這一切。我的腦像石頭一樣硬。焦慮牢牢地黏在上面。河上的深綠反光泛起童年的小路。不寫東西令我覺得痛苦。就像在睡夢中一直醒著。我想要安眠的唯一方式是先把創作吐乾淨。避免我在床上坐起來。我摸一下自己還健全的頭顱至全身。鬆開滿月。鬆開通亮。躲開婚姻的捶打。

如果老家沒有網路，一切會變得更緩慢更失常更清晰。房間或掉毛的翅膀。狗的腹部。夏卡爾或睜開眼睛。禮拜天開往海邊的貨車。禮拜天拍照的渴望。我想剽悍下去。想把這巨大時空都寫下來。這輩子和母親有關的時空都記下來。我游泳之後下機之後。回到家躺在硬硬的地板上。房子很空曠很整齊。這一次。鋪了新的塑膠草席。打開衣櫃聞到深埋地下的味道。刻意不用網路後揮霍掉的時間自己看得很清楚。我和老家的溝通紀錄。我暫時脫離台北的書海之家。臨走前還沉淪依依不捨。帶了好幾本書隨行。在防曬的臉上。那一抹白色粉沫消失在鏡子前。我抱起貓。張開眼睛。放進房間。在貓毛中揮別這些。

我很清楚我的臉。望向貓的臉。在早晨空氣的薄霧裡直視那陌生掉的家裡。那些母親種的果樹。殘存的果實。被蟲蛀的果實。那深不見底的貓眼。橘色的燈。我感到自己自由自在。在老家的每一寸土地上都是自由自在的。就算自由自在地被嘲笑。我還在張羅孩子與母親。我的童年死在那個小小的火車站。孩子牽我的手的那一份力道。那一份剛剛發芽的力道。那一份還無法辨識的力道。我們爬向恐懼。爬向斜坡。母親年老的蒼綠已經大亮。我追上去。再次想要在家裡遊玩。明天沒有十字架。沒有恐懼。我已經把我先生釘入棺木。上山的路都開滿了花。自由自在地綻放香氣。

我自由自在地走。逃脫的自由。成爲廢物的自由。成爲廢物令我亢奮。成爲被先生討厭的人令我亢奮。這才是邁開大步進入世界的開始。大雨沉浸了我的掌紋與命運。開始上漲。開始扭曲。

從老家傳來的聲音氣味在我手心在我衣服上。進入母親滿是月光的身體。跨過自己醜陋的童年。陰暗的摩擦。母親像朽木一樣掉下來。像初次掉到這世界上一樣。

兩把剪刀。一把黎明。一把日落。一路剪下去的人生。回到老家的時間在往回走。時間被揮霍到什麼也看不見。到雨停爲止。到離開時又惶恐不安。老家帶來火紅的指甲花的想像力。把最紅的部分摘下來染色。把我的指甲染過一遍。坐下來開始寫像平常一樣。打在外面的雨。到處都是水窪。老家讓我頭腦自由充滿鹽巴充滿老鼠充滿思念充滿薄荷奶油牙膏二手衣味。在你臉上一再滑過的童年沙灘海盜。跟自己的房間永別。在客廳放一張桌子。不安的時候我拿起剪刀做拼貼。那種時候我不在婚姻裡。在日光燈平穩的投射下。很快就忘了昨晚的冒險。

我想要寫母親旅館這個我一生中沒見過卻最熟悉的招牌。我在他鄉想過千百次的。我是裡面唯一的旅人。坐著等早餐再也等不到。我誤了車誤了飛機想把一生都誤掉。時間在窗框上閃閃發亮。旅館已經死了。求神給我力氣。把你的發燒洗掉。把你的穢氣洗掉。我不斷不斷地被孩子打斷。我想要從容一點。神你不要一再用腳把我踢飛。我只能躺在床上跟神說話。等明天回答我。

母親全部的經歷現在只剩下漫漫日光下果樹的形狀。果樹一棵接著一棵的種。要經歷幼苗到熟成的長日漫漫。還要一顆一顆的包起來。熟成後自己吃的也不多。大部分惠及親友。

我們都覺得疲睏極了。不知道自己拿了什麼穿了什麼看見了什麼。我很想把童年放回原來的地方。把母親放回原處。時間已經瀝乾了所有的鄉愁。母親永遠都在。披著皺紋的手和臉。就算她已經看不到我。

孩子都在外面玩玩到太陽下山。拔地磚間陰溝裡的小草。沉沉的三點半一直到七月的海邊樹蔭。

我傷害了自己的母親自己的鄉愁。這樣過了很久很久。久到像沒發生過一樣。我的手被孩子牢牢地拉著。在泥上像菸蒂一樣被無聲踩熄的時間。烈陽曝晒母愛。被綁好。經過那些地方。黎明是個白色的洞。在洗手。說聲再見。又要下雨了。

放在桌上。遠走他鄉了。青青的靜脈。

睡覺吧。鴿子五點要起床。山洞很暗。很好睡。孩子在裡面輕輕踢。即將出航。給你送行。讓送行的燈亮著。母親所有的目光擠進這送行的空地。八個小時後，直到天色輪轉一圈。豔陽持續乾旱。從畫裡搬出一張椅子坐在那裡。一坐坐了好幾個月。

台北沒有山的回聲。
沒有牆壁的回聲。只有鄰居的噪音。還有你父親的噪音。
我住的房子比我還小。
我在裡面有一張要被你父親移來移去的桌子。
安放不了你的活力四射。活奔亂跳。
那隻貓蜷起來的肉體剛剛好塞得下這間房子。
我的母愛也被放得剛剛好。

把你養好這件事比我自己還難很多倍。
這樣一次一次地寫。寫太陽出來的方向。
希望可以砍掉你生病的喘息聲。
希望神可以放我們一馬。

環保站滿是雜物。晚風徐徐。母親每天都在整理。整理。掃地。掃地。我幾次回鄉。她就變老幾次。老爬上母親的膝蓋。瞬間爬上她的背。剩下的部分。老還是很多。那裡有一口井。不能掉下去。我在異國的冬天很多。用大火煮。煮沸水。煮皺紋。去毛。用塑膠袋裝垃圾。我們都會。我出生那年風雨吹落的果實。被掃成一堆。自然腐化。我們的手自然硬化。也自然光滑。看見母親，就畫一條線。線多了。連成一條長長的地平線。墨畫的線。暈開得亂七八糟。

孩子在幼稚園睡午覺。他想我睡不著。我想他老是恍神。加了翅膀也飛不起來。加了角也凶不起來。白襪也洗不乾淨。我做得很慢。老是岔神。我說過了我要洗地板。我洗的衣服夠多了。還要每天洗。只有貓知道一些光。我因爲看她看了很久所以愛上她。她穿得夠厚。雖然她很小。她呵著熱氣舔我的手掌讓我沉入床底。沉入她的肚子裡。

我在客廳放了兩張大長桌。我把客廳佔爲自己的工作室。桌上有很多的尖銳。有鐵絲圈。鎚子。鐮刀。我小時候都用過。我媽媽用得更嫻熟。穿孔。穿線。我因爲這些工具而有安全感。那是我保護自己的工具。或是讓我感到存在的工具。白天會從陽台屋簷滴下來。溜走。落在樓下的屋頂。永遠都跨不進我家裡。在這種沒有日照的房子裡。我把所有的燈都打開。讓這個世界露出白色。在白色的世界裡我才可以找到故鄉的鬼魅。

我先生家裡的窗簾從入住到我婆婆過世後三十年都沒有換下來過。但表面看起來無恙。我在二手店買了便宜的單色窗簾換上去了。我把家裡所有門簾、地墊、擦手巾、抹布，一樣一樣都換成是我買的。我婆婆買的都很貴。很正式。我連左右窗簾的顏色都不一樣。我先生破口大罵。我幫貓換上乾淨的水。

一本接一本看不完的書令人年輕力壯。我因此有了造反的力氣。把我先生寫死。我媽媽有巨大的冰塊。賣飲料用的。我自己砍椰子。一刀一刀很用力地砍。因爲刀子都不利。我常爲了喝椰水砍得手臂發麻。小時候我就會用縫紉機。一針一針上上下下。噪音穿過我母親。我的母親不一樣了。她沒法穿針就無法用那台老式縫紉機了。電動的她不要。後來我也不用了。我一針一針笨拙地縫。灰塵爬上我自己買的縫紉機。成了厚厚的淤泥。

我喜歡打開門大聲吵架。不像那些所有門窗緊閉的鄰居。他們都喜歡把自己關在盒子裡。我的聲音從對面的牆回到地上。吵架叫人不安。婚姻叫人不安。盛年叫人不安。孩子叫人不安。我必須要在冬天打完這本書。

沒有人叫我每天寫。這個世界還有山有海。你不用全身黑色。我和母親在一起的時間不多。但回憶充足。我想這就是母親的作用。我要寫關於她的回憶豐饒。我自己成了母親後。演一棵樹。一張臉。一雙腳。母親年輕的洋裝還收在衣櫃裡。老掉的款式。母親就收了那一件。我在照片裡見她穿過。她每天要騎腳踏車去買菜。去市場一次洋裝就消失一次。我幫她在冷冷的夜晚晒衣服。晒一次洋裝就消失一次。現在她的洋裝都消失了。

我的小阿姨靠打零工為生。她衣著不光潔。沒有車。沒有房子。騎腳踏車行動。她的工作和女傭沒兩樣。但我覺得她是最接近我的人。母輩們都認為她沒出息。不穩定。自我放棄。我覺得她不顧一切眼光的生活。洗地板。割草。一切都不可恥。她也看書。也養貓。所有來到我家裡的人，包含來來往往的藍衣隊成員，沒有人會看上狗一眼，更不談摸狗、餵狗。只有她會看見狗。跟我一樣會看見狗。她一個人騎腳踏車走了。我小時候的她不是這樣子。小時候的她穿得很光鮮。工作也很體面。

有時候我會覺得我來到的世界是一場夢。我的創作是一場夢。這個世界美好到我深怕醒來就不見了。雖然所有的家人親人都不在這裡。我甚至沒法說話。沒法寫字。我就這樣成了野鬼。一隻死蟑螂上寫著字。被貓咬死的鳥也寫著字。快好的傷口也寫著字。所有回家路上的風景都成了亡靈一波一波地吟唱。我縮在車子裡。感到被母親緊緊抱著。一切皆是假的。

開始寫小說後我常夢見老家，夢見小時候那間房子。那裡的圖書館像鬼屋一樣。地上積水。我來來回回地看。來來回回地走。那些夢讓我回去一次又一次。那些夜晚成了一趟一趟的旅程。我開車駛過數不清的車票、機票。在自己的被窩之中，不知不覺就死了。成了棉被。成了半途而廢的人。圖書館那裡有微微的積水。被雷劈開。空氣默默地變冷。熱被一個一個咬死。

有時我怕把關於母親的回憶寫出來。怕寫出來就不是我的。書寫時的英雄氣概也是一種假象。把回憶一瓢一瓢舀出去。把石頭一塊一塊疊起來。一塊壓一塊。每一年我都會回去那個泥濘海。泥濘海百看不膩。厚厚的泥濘。沒有任何藍色的土色海。浪輕微的晃動。一枝一枝的斷枝被打上岸。母親修剪下的一枝一枝楊桃枝。一顆一顆被摘掉早夭的小楊桃。漂了上來。

那時候我們在包裝。綁好一束一束的水果。一包一包切好的水果。那時候母親的聲音令人安穩。現在突然有了很多的怒意。令我不解的怒意。剪下那首詩。我不知道你住在這裡。老年的大火躲在洗衣籃裡。翻來覆去想要出來。年老需要的強大音量讓我想離開。把腳趾頭露在外面。穿上雨衣。可以避雨。被貓抓到的刺痛。我想要朗讀。讀年老。年老的怒。年老的恨。飛起來。驚動草叢。蛇爬了出來。

我剛睡醒
剛和孩子的尿與惡夢睡過
你送我一台馬車
那隻老馬叫小栗
我知道那是你的馬
我知道我可以用牠回家
我知道了說再見
我要去一趟圖書館
把書還清
把我媽媽找出來

我在老家紮營。營火發出惡臭的煙。燻了半邊的牆。煙來到我身上。我用力搓掉身上的灰。用手把地上的水抹開。手像抹布與掃把。我看貓走了出來。我從沒爬過母親這棵樹。三十年前。被拒絕。我開車經過一座一座山。我忘了那裡沒有路。

那空的房子。我們睡在那裡。空的房子撫過你的身體。天黑了陽光也愁白了頭。

那空的房子在養貓。井然有序的時間透進窗戶。井然有序的陰影坐滿一地。

我就是那女兒。沒有辦法被說出口的女兒。又猩又紅，還漂在那裡。

那裙襬下面。有一位母親早期的詩。是破掉的禮物。是粗粗的有沙子的聲音。用筆寫破皮的。那裡面是一千片黃掉的菜。一千次被孩子浪費掉的飯。路途中那噴氣的白煙囪。想要遮蔽家裡那掉了一地的箭。

我在十萬公里外。載著故鄉的石塊。我拿了一碗水走向母親。母親張大了年老的口。樹不在那裡了。兩邊的山擠過來。母親踏出來的小徑。在綠蔭中有幾分光線。母親勞作至半夜。沒有蒼蠅。

狗的眼睛覆蓋了所有母親說的話。

我正要回去。正要重來。正低頭看濃密的青苔被陰影照耀。
生命終究失敗。遠方我沒見過面的外婆提著藥酒來給母親。母愛像青草
那般深。頑強復活。
月光照不到的。陽光也照不到的。母愛的青草深深。我正要回去。正要
重來。
時間的野草正在長出來。時間正挖出礫石。凝成每天吃的白飯的微光。
時間的槳打下來。我感到眼一陣熱。旁邊是母親。

時間的蒂熟了。就掉了。至今我一無所獲。
還有很多年幼的孩子啊。他們不懂擤鼻涕。
我坐著等洗衣機。等母親飛來。等全部變白。等母親變成貓。
一百個晚上。一千個晚上。看自己成爲婚姻後的瘋子。
因爲我對寫作的貪婪。因爲我對貓的渴望。

白天關在房子裡。消磨皆大歡喜。
他們給我喝的是水嚨頭的自來水。是沒有頭的雕像。
我送你去。現在痛過去了。在櫃子裡再也沒有區別。在倒塌的家庭一切已沒有意義。爲了撫摸你。但是我沒有。穿過草地。被宰殺的動物。孩子們放在皮箱裡。空車而來。用嘴巴幫你唸。漫無目的地讀書。不需要再看下去。沒有回頭。
夜黑風高的太陽。早已離開母親。
半途而廢的母愛。早已安息。

我的肚子裡已經沒有孩子。只有電扇的聲音。
你怕我不明白。他們往你走來。像乳房那樣死去。
這是他們說話的方式。爲了照顧自己的孩子花掉了太多的心跳。
給生病的搖籃曲。不用害怕。不用拒絕。
母親一輩子除了太多雜草。因爲她的女兒們從來不除草。
我追上你。憤憤不平。借助風力。

八月的時候。四野無人之地。我撞死過一隻野貓。
早上不要晚起。年年破壞。在你的白淨上。在你的槳上。沒有花朵。
用這張紙寫。鑽洞的聲音。在擦地板的手。舉起來。
我站在母親的肩上。把我的毛衣折好。把你的書包扯下來。

我突然要用我的雙手去愛你。去爆炸。去神智不清。
我想去買麵包。恢復成正常的人。
很多的信都沒有寫完。我的惡也還沒收攏好。
我的母親還在。小孩還在。是烏雲。
五彩繽紛的孩子的衣服。在院子裡奔奔跳跳。
這三百頁的陌生。淪爲母愛的白色粉末。我在那裡紮營。用我俐落的手。
搬泥土。塡土。整整一天。整整一個晚上。我在老家紮營。山來到我身
上。我寫完無法跳上去。我看到那隻兔子了。感到河流了。我脫下眼鏡。
閉上雙眼。夜晚過去。

太陽剛出來。聚了一些人。踩來踩去。三萬公斤。石塊下。三千輛。
四百隻牛。
我踏出去時就下雨了。母親走進來。我就出去了。
你去離花朵遠一點。去把花種得遠一點。
讓那男人的船沉下去。帶領我前進。用石頭說話。
把你的父親變成一座蒼白的雕塑。讓他吃進毒蛇。吃進玻璃碎片。
我的字是留給未來的你。因爲他正在把我全部挖掉。

我寫完後。衣服上還有你哭鬧的淚痕。我在外面。看見陽光一排一排。
像母親年輕的手那樣溫暖。做家事讓我的手脫了蟬皮，一層一層長大。
我一次一次淋到雨變黃的臉。風吹過會冷沒有關係。
所以我願意他走。願意你父親的缺席。爲了避免那些炭火焦掉的黑。我
願意他走。

天亮的時候，我繼續蓋房子。畫了一半筆掉下來弄髒了地板。

拼出一個孩子的名字。

烈陽晒乾所有衣服。晒死青苔。
我要寫一場陰柔的演出。主角本來是母親。後來都被剪掉了。
未曾出生的我。在貓的身體漸漸長大。
我從貓的身體誕生。成爲你的孩子。
母親在我的生命消失很多次。我四處找她。挖耳朵聽見她。小腿癢抓到她。
她在殘霞裡露出棕黑色的臉頰。

太陽慢慢熄滅。我比以前更喜歡這個箱子。這個毛的箱子。更喜歡反抗。
反抗。
靠粗礪的那一面反抗。靠骯髒的泥土反抗。這是我媽媽教我的。是她厭惡的。
太陽在前面。然後地上的磁磚張大嘴笑著鼓掌。乾淨溜溜地鼓勵我。
離我近一點的地方是我的掌紋。我的命運。

而時間才過了一半。我比以前更喜歡這濕濕的草。我鋪了床。鋪了自己的膝蓋。鋪了自己的血。

我身上有一條光明的厄運。像血那樣紅的光明。像山那樣遠的厄運。我沒感到害怕。因爲我的雙手清洗過很多地面、碗盤、浴廁、陽台。這讓我相信自己有抹布拖把的能力。有像狗一樣可以咬人的能力。都死都可以狠命一擊的能力。一切完全地裝在文字裡。從秒針一格一格走動走到那裡面。我孤身上路。加速。以後我會從天下掉下來。跌成碎片。

光線減弱。
成為惡魔。收放風箏。
十個太陽。
就這樣照剪下去。

光明的厄運正悄悄地被淹沒。
被熟悉的心疼淹沒。

前面一片厄運被我噴農藥。被柔情的閃電擊中。
把厄運讓給你交談。讓給你擦汗。

我把厄運摸出來。一把尖刀刺下去。刺下去那些往前的腳步聲。
回敬你一刀的目光。插在你的倒影。你的反光裡。

我衣上有一塊油漬，看起來像血。跟家庭主婦沒兩樣。
在狗吠聲中我感到異樣的安心。讓給你。
我希望你好好地睡。冬天的家裡很暗。
坐上車小心翼翼地回家。上面是天花板。下面是消失的紅潤。

經血正悄悄地淹沒我。這種鮮紅很貴。繡著妖怪。
正因為我，鬆開了手。鬆開了錯覺。
正因為我，趕上了光明的厄運。

tiny room

tiny gift

tiny rise

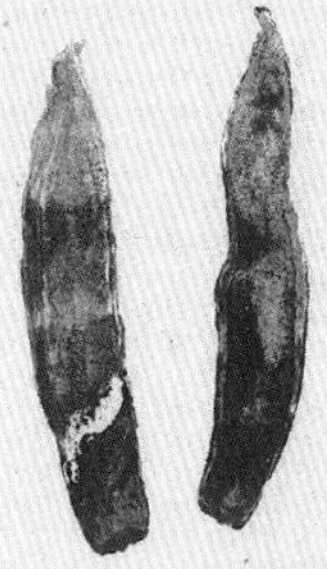

climb

See through

shape of clouds

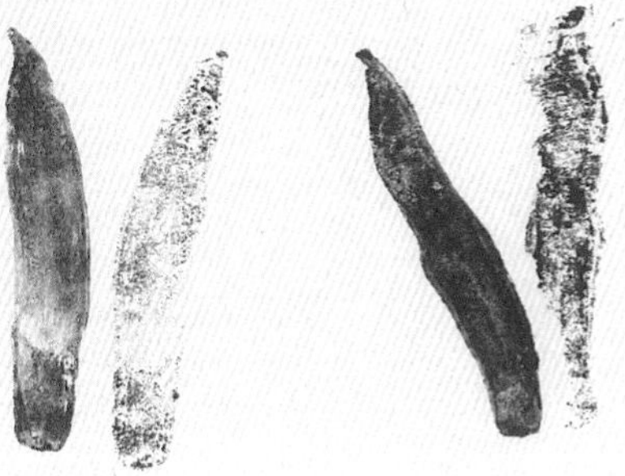

a thousand

tiny name

tiny thorn

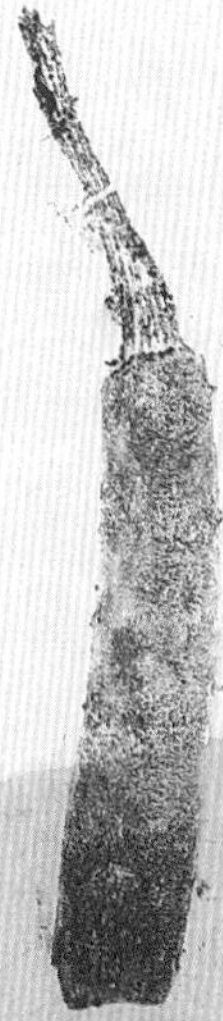

tiny day

後記

母親是一個有用的人。一輩子都在做有用的事。
我一輩子都無用。一輩子都在做無用的事。

人需要一些來自母親的東西。來自故鄉的東西。非物質的。這些年，十餘年，我於台馬之間來來回回。不時思考著這些「非物質的」究竟是什麼？藏在哪裡？這些旅程中的空白，我想了幾百個夜晚的垃圾。那份赤道陽光的熾熱注入我冰冷的肉體。黏在我頭皮上。午後斜陽在時間中保有一份光澤。我在那裡是透明的。打一個洞。笑嘻嘻的。我很想弄清楚這兩種時空裡的自己。故鄉對我的意義。那一份永遠不變的陽光。一份無所事事感。那一份童年。一份年少。

我的寫作常常是在「情緒」下的產物。不是空想來的。這本書寫的是自己的母親，但也不全是。回過頭來，寫的還是自己，寫一趟長長的回家。長長的夷平。長長的擁抱。文中沒有虛構、也沒有寫實。沒有這種截然的分法。是眞假不重要。那些時候我想寫的是《在路上》的那種呢喃感。寫作速度很快。盡量沒有太多意識地去寫。也不修改。但有些時候，很多時候，意識還是強冒出頭。而在後來校對之際，有些實在太意義不明的句子還是被我拿掉了，但留下來的（可能）還是不少。

這種和自身密切的創作，我當然想過的問題是「我是不是作品裡的樣子？」於是有了書前的那一句，「人跟作品是不一樣的。或是人本來是作品裡的樣子，但寫完他就變了。」這是下意識的辯解。在他鄉寫作的好處是，我是nobody，沒有人知道我的過去，沒有人知道我，沒有家人會看到我的文字。於是這樣，我意外獲得了一種此生最大的「自由」。但總之，事情總也非一句話那樣的單純。淚珠可能還躲在床底下。等著一個一個被我沖乾淨。

我的人生沒有大路。對有用的事我都熱衷不起來。我被自己的母親。自己的先生。也許未來自己的兒子看輕。他們都看不起我。說我懶。沒用。只會吃飯。我需要吃飯。飯滑到我的胃裡。滑到我的血管裡。我開始打字。我想閉上眼好好休息。大部分的時候很難。在他們眼中我被斥責成了廢物。問題很多的廢物。很多時候我看著看不見的陽光。想要陽光把我帶走。消失。

人總是有問題的。不用擔心。我的問題是我賺不到錢被看不起。你也有你的問題。

那個在舞台上彈琴的少女已經成爲母親。不再彈琴。她的孩子都交給保母。她去上班。這些故事聽起來都一敗塗地。所有傑出的少女都成爲母親。成爲母親後就沒有大路。被母親的意念纏繞一輩子。孩子嘈雜不休。先生成了廢人。幾乎就要撐破的表面。那個在圖書館裡看書的少女。不再看書。那個不斷把孩子送走又坐立難安的母親。那個至死都漾著母親的慈愛的少女。所有抱怨的聲響都穿過父親的房間。穿過屋頂神都聽不見。有時候那個少女會穿上美麗的洋裝。然後又脫下來。最後穿上了褲子。

我打碎了母親心裡的大石。塗黑了那些繁華。吸了異鄉的濕氣。美美是我的第二顆心臟，所以我跟她在一起的時候，絕對更強壯有力。我的咖啡杯有兩個洞。兩個洞我都要進去。兩個洞都有一抹糖。還有一抹正常的血。對自己創作欲望的貪婪，到底也是人的一種本能。我沒得過文學獎。創作也不討喜。又非台灣人。沒有親友團。沒有背景。沒有人脈。沒有好輸的。也沒有好贏的。這些年感觸特多。由衷感謝台灣的讀者。明裡或暗裡、大大小小的鼻酸眼熱。我第一次感受到了人與人之間的種種可能性。原來是美好的。原來是一回事。早期寫的「不愛你們」，請容我刪掉。

再不画完，我就疯了

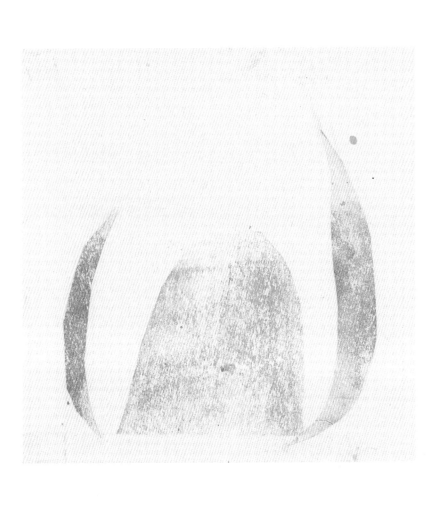

沒有大路
也沒有小路
大部分是海
不是恨意
我相信那是海
每一隻貓身上單獨的海
船要開了
跳上去

畫作

抱貓女　封面—版畫

壞風景　p.006-007—蠟筆、墨、壓克力（經設計處理）

thursday　p.010-023—單刷版畫，油墨、鳳梨葉

胚胎球　p.026-029—單刷版畫，油墨、紙

tiny room　p.131-141—單刷版畫，油墨、花萼、茶漬

兩個月亮　p.149-155—單刷版畫，油墨、茶漬

沒有大路

作者—馬尼尼爲
編輯—邱子秦
設計—吳睿哲
行銷—劉安綺
發行人—林聖修

出版—啓明出版事業股份有限公司
地址—臺北市敦化南路二段59號5樓
電話—02-2708-8351
傳真—03-516-7251
網站—www.cmp.tw
服務信箱—service@cmp.tw

法律顧問—北辰著作權事務所
印刷—漾格科技股份有限公司

總經銷—紅螞蟻圖書有限公司
地址—臺北市內湖區舊宗路二段121巷19號
電話—02-2795-3656
傳真—02-2795-4100

初版—2018年5月
ISBN—978-986-95330-6-5
定價—NT$ 380 HK$ 110

國家圖書館出版品預行編目（CIP）資料

沒有大路／馬尼尼爲作．— 初版．— 臺北市：啓明，
2018.05
面；公分
ISBN 978-986-95330-6-5（精裝）

855　107001349

國家文化藝術基金會
National Culture and Arts Foundation
NCAF
財團法人國家文化藝術基金會補助